万榕书业

There Is Always
An Unusual Moment
For Us

总有
一刻

不同
寻常

，

马德
MADE WORKS
著

北方联合出版传媒（集团）股份有限公司
万卷出版公司

目录

第一辑
总有一刻，不同寻常

第二辑

爱是这个世界的温度

第三辑

让生命欢悦，给心灵松绑

第四辑

邂逅人生最美的风景

第五辑

给自己一个回望的角度

第一辑

总有一刻，不同寻常

知己的世界

活在知己的世界里，内心是轻松的。

没有了虚情假意，散尽了伪善与敷衍，知己的世界，还原了人与人本真的内心。人们敞开胸怀，彼此真诚地交往，坦诚地交流，不设防，不算计，坦坦荡荡，无拘无束。

也就是在这样的世界，一个人最原始、最朴素的心性才会痛快地释放出来；言谈举止，待人接物，为人处世，才会真正遵循自我的内心，而不用再去看别人的脸色，不用再去在意别人的态度。

知己的世界，是一个为心灵松绑的世界，也是一个让生命欢悦的世界。

我们从一出生开始，就在寻找心灵上的朋友。小时候的那个青梅竹马的玩伴，成年之后的那个虽与你淡泊往来却一直两心相悦的人，都是心灵上的知己。只要有两个人，就可以构筑成最小单元的知己的世界。

知己的世界，不会是一个庞大芜杂的群的集合，唯其如此，才彰显出这个圈子的可贵。知己的世界，追寻的是彼此的心灵契合，与情感的亲疏冷热无关。也因此，即便是父子、手足、夫妻之间，即便是长期相濡以沫，也未必能形成知己的世界。

这是一座精神世界的理想后花园。在这个后花园里，少了权钱的纷争，少了名利的追逐，淡了得失的计较，没了尊卑的区别，更无恩怨的滋扰。总之，你不愿看到的污浊，不愿纠缠的烦恼，都消失了。浮华的世界，一下子沉寂在了你的内心，让你六根清净，心神舒爽。

更重要的是，这座精神的后花园里，有志向相合，有意趣相投，有微笑，有友善，有仁爱……总之，百般的好，都在这里了。你可以把整个心都交出来，沐浴在这个世界最初的圣洁中。

从这个意义上讲，心灵契合，就是一种释放，一种自由，一种安妥，一种在彼此的尊重与仰望中寂静的抚慰和温柔的按摩。

小人，冷漠的人，自私的人，虚伪的人，是没有真正的知己的。他们的朋友虽然与他们相类，但即便这些人能聚在一起，即便亲昵到称兄道弟，也不是知己的相聚。知己的世界，不是一个利益的结合体。尽管有时候，他们彼此也口口声声称对方是自己最知己的朋友，但狐朋狗友的世界，为利益而聚，最终也会为利益而散。

身在俗世，却能远离世俗；心在尘埃，却能不被尘埃沾染。生活，

能明媚而洁净；交往，能高雅而有质量。这样的情形，也只有在知己的世界，才能安享。

不单限于人，大地、山川、草木、虫鱼，都可以成为我们的知己。词人林逋，在杭州，结庐西山，梅妻鹤子。他的知己，就是梅，就是鹤，就是让他的内心恬静的自然，也因此，他的生活才会生出"疏影横斜水清浅，暗香浮动月黄昏"的意境。

知己的世界，实际上就是心灵为生命构筑的一种意境。一种快意的，也是写意的，可以让灵魂自由纵横的唯美而恬淡的意境。

生存的智慧

在非洲，有一种叫黑鹭的鸟，它捕食的方法很特别。

黑鹭捕食之时，站在水中，把翅膀张开来，围成一圈，呈伞的形状，然后将头蜷缩在这"伞"当中，以尖锐的喙静待猎物的出现。

开始，我很为黑鹭这种掩耳盗铃的捕猎方式而感到可笑。

殊不知，那些小鱼和小虾，恰巧就喜欢往岸边水浅而又有阴凉的地方去，它们乐于到树荫下或者某簇高大水生植物的阴影里嬉戏游玩。

这些黑鹭静静地等着。一条小鱼来了，接着，又是一条，它们钻进了它的"阴凉"之下。黑鹭用这种几近守株待兔的方式"坐等"着猎物送上门来。

因此，这些小鱼便只有死路一条了。

生活中，有些习惯常常是致命的。有时候，我们失败了，甚至败得一塌糊涂，往往并不是败给了谁，而是败给了我们某种习惯的思维方式或者性格中的某种习惯倾向。

更多的时候，我爱看蚂蚁在地上急匆匆地奔走。

有一次，见一只蚂蚁正拖动着一条昆虫的尸壳艰难地爬上一面大坡，它横着竖着，推着拉着，变换了好多种方式，就是上不去。

但它依旧不屈不挠不肯放弃。

这是条不错的昆虫，如果拉回去，肯定可以让蚂蚁一大家饱餐几天。于是，我决计帮它，上去就把那条已死的昆虫撕成了两截。

本来，我想以人类的智慧去助它一臂之力，结果，蚂蚁看我把虫子撕成了两半，便掉转身体匆匆地离去了。我这才意识到，虽然它只是弱小之躯，但它却只想凭自己的力量去征服与获取。

和蚂蚁一比，我们多的不是聪明，而是狡猾。

还有一种叫剪嘴鸥的鸟，它的喙上边的一半短些，下面的一半长些，像一把剪刀。

捕鱼的时候，它一面贴近水面飞翔，一面把下面的一半喙伸到水中。如果看到鱼，它便迅捷地将下面的一半喙合上。

但这样常常是很危险的。如果不幸撞上隐在水下的礁石或其他的硬物，高速飞行的它会因为来不及收回，而将下面的一半喙生生撞断。

但剪嘴鸥的家族没有因此而放弃自己的捕猎方式。

　　或许它们明白，生活中注定是要做出牺牲的，没有什么事情能够轻松、顺利地做成。

　　生活的法则永远都是：想得到必须要先付出。

悲怆的苹果

　　那天，我在街角的水果摊买了些水果，交了钱，正要走，卖水果的女人突然停下手里的活计，她犹豫了一下，探过身子，有些怯怯地问我："马老师，你认识 Y 中学的领导吗？"

　　我有些意外。

　　印象中，这是一个很少说话的女人。除了寡言少语，我所见到的，全是她的辛苦。夏天的时候，别人家的摊位前都有一个大遮阳伞，高高的，遮出一片阴凉来。而她，只把水果遮得严严实实的，自己却在太阳底下暴晒着。冬天大冷的日子，别人都不出摊了，她还在。我常见她披着一件破旧的绿军大衣，站在瑟瑟的冷风中，不停地跺着脚，等着顾客出现。

　　由于上下班我经常路过这个街角，也经常买她的水果，一来二去，我们就认识了。有时候，远远地看见了，挥挥手，算是打了招呼。即便是买水果的时候，也只是彼此笑笑，却很少说话。

今天，女人一开口，我吃惊不小。

"Y中学的领导，嗯，我认识，怎么，有事吗？"我满怀好奇地问。女人沉默了好一会儿，才声音低低地说："我闺女在那所学校上学，被开除了。"

女人有些羞愧，也有些不好意思，说完这句话，仿佛用尽了她所有的力气。

"开除了？怎么回事？"我表达着我的疑惑。因为，通常来说，鲜有女孩子被学校开除的事例。

"她啊，搞对象，被学校知道了。"女人低下头，双手不停地揉搓着衣服的前襟，仿佛犯错误的不是她的女儿，而是她自己。

"我也没料到，闺女会这样。我一天到晚看着这个水果摊，也没工夫照料她，这个孩子，真叫人想不通，唉……"长长的叹息中，我看到女人的眼圈开始发红。

我决定帮女人这个忙。

第二天，我就跑到Y中学，找到了她女儿所在班的班主任张老师。张老师一听我为被开除的女生而来就说："马老师，你说现在的孩子多不争气。你不知道，这个女生的母亲有多可怜！"

"怎么，你也了解她的母亲？"我有些纳闷。

"那天，因为要请家长，她来了。"张老师说，"这也是我第一次见到她的母亲：憔悴的面容，被风撕扯得蓬乱的头发，破旧的衣衫，慌乱而无助的表情。乍见，让我心惊。当我把她女儿的相关情况以及学校的处理决定告诉她后，她竟支持不住，一屁股瘫坐到了椅子上，呜呜地哭起来。大半天的工夫，她都这样伤心地哭着。闹得我，也跟着她泪眼婆娑。她拉着我的手，不停地说，张老师，闺女要这么回去了，天就塌了……"

说到这，张老师有些激动："后来，我才知道她丈夫患脑血栓，已经瘫痪了好多年了。婆婆七十多了，不能动弹，成年在炕上躺着。家里只凭她独自苦苦支撑着。她担心，如果闺女这样被开除回了家，她爸爸知道了，一生气，怕活不成了……"

"这是我所见到的最无助最可怜的一个母亲，也是我见到过的最辛酸的学生家长。"张老师说，"后来，我和她商量了一下，让她直接把女儿送到了亲戚家，然后，再想办法。马老师，你要是能和领导说上话，帮帮这个母亲吧。"

天哪！这也是我第一次听到关于这个女人的情况。我之前所见到的她的所有辛苦，都一下子找到了答案。我必须竭尽全力去帮她，或许，这已经不是一次简单的帮助，而是一次拯救。

谢天谢地，Y中学的领导撤回了开除女生的决定，但条件是，让女生在家反省一个月再回来。

当我到水果摊前，把女孩可以重新上学的消息告诉女人后，她竟然高兴得不知道说什么好，手忙脚乱地装了满满一大塑料袋苹果塞给我。我推搡着不要，拉锯间，苹果撒了一地。女人赔着笑脸，又手忙脚乱地捡拾着这些苹果。她伏在捡苹果的姿势，让我感到一阵心酸。我觉得，这个女人，悲怆得就像掉在地上的苹果。她从生活的美好及人生的幸福里跌落下来，无论滚落到哪里，都是不尽的辛酸与苦痛。

女人过意不去，决意要请我吃顿饭。对于这样在艰难中挣扎的女人，我怎么好意思去吃她的饭呢？女人的几次盛情邀请，我都婉言拒绝了。

有一天中午，我下班，刚出单位大门，见她等在门口。"你怎么在这里？"我很惊讶。她笑笑，说："我在这里等你好久了。我已在饭馆里要好饭菜了，你今天无论如何也要去的。"说完，她把自行车一横，挡在了我面前。

那是一个小饭馆，她点了满满一桌子饭菜。一起吃饭的，还有她的女儿。我不知道她的女儿是不是从内心里感知到了母亲的艰辛和不易。席间，有好几次想说说她，但几次话到了嘴边，都咽了下去，我想，生活最终会让她明白一切的。

我找了个理由出来，把账结了，然后偷偷跑了。这样的饭，我没有心思吃下去，因为，那是一桌子的辛酸和泪水啊。

与一只壁虎相逢

时针指向晚上九点的时候，我开始收拾东西，准备搭学校的公车回家。

办公室古旧的窗棂上，有一个影子倏忽间动了一下，我抬头一看，竟然是一只壁虎！请原谅我的诧异，你知道吗，现在已是初冬时节了，树叶已经落尽，秋虫已经死亡，一些动物已酣然冬眠，就连人，也在瑟瑟的风中，开始穿过膝的羽绒服了。然而此时，竟然在办公室古旧的窗棂上出现了一只壁虎。

这个古灵精怪的家伙，为什么而来呢？炎暑已经退去了，蚊蝇已经死在了旧时光中。它不会是因为突然发现一冬天的粮食还没有储存够而仓促间出来的吧？如果真是这样的话，这将是一只活得多么马虎的壁虎啊。我仔细看了看窗户的四周，上面有许多的缝隙，那么，它是从哪一个积着岁月风尘的缝隙中爬出来的呢？

此刻偌大的办公室里，只有我一个人，寂静得除了我的呼吸，便只能听见这只壁虎的足音了。它的步态从容，样子恬淡，无所欲，无所求，似乎不是为了一口吃食而来的。它注意到了正在观察着它的我，匆匆看了我一眼，又缓步而行。它的前面是一面平展的玻璃，再前面是一根直立的窗木，再前面又是一面平展的玻璃，这就是它的路了。当然，它可以暂身回去，走另一条路，那是一面素白的墙，以及另一面素白的墙。日光灯的光在这些属于壁虎的路上泛着寂静的光泽。一个生命走在属于自己的路上，走在自己喜欢的路上，此刻它的内心，该是愉悦的吧。

我静静地注视着它。它又朝我看了一眼，或许，它在和我打招呼呢。只可惜，人类听不懂来自动物友善的声音。它见我傻愣在那里，便又开始独自前行。它的步态漫无目的，而又足够悠闲，像是在沉思，又像是在默想；像是在寻找一种慰藉，又像是在重温一段情感。然而又似乎什么都不像，因为那脚步中，看不到牵挂，感觉不到羁绊，寻觅不到纠缠，一起一落中，坐禅般笃定幽静。

我想，这一定是个自由的生命。它在这样一个寒冷的日子里，独身出来，这种脱俗的举动本身，表明它在依循着心性的自由。在它的生命词典里，也许根本没有令它俯首的规范，没有让它低眉的教条，无须看什么眼色，也无须听什么将令。它要服从的，只有为追慕快乐、幸福、爱情所衍生出的自由。它的每一刻，都为这样的自由奔走着。而今天，只不过是它为快乐自由的心性奔走着的普通的一天罢了。

我又看了它一眼，不觉低下了头。

　　临走的时候，我为是否关掉办公室的灯颇踌躇了一番。我怕因为我突然之间关掉了一盏灯，而让它在黑暗中苦苦地走上一程。然而，我很快就把灯关掉了。因为我知道，一个真正心性自由的生命，不会因外部世界而改变自己。或许，在关灭灯之后，便再没有像我这样的生命打扰它，影响它，它会更加自由地行走在生命旅程中呢。

　　与那只壁虎的相逢，是一段令我久难忘却的记忆。

用刹那，问候浮生

1

一颗宕动的心，所看到的世界，浮躁，喧嚣，云起，尘暗，是水里摁不下的葫芦，是风中止不住的经幡。

乱，层层乱，叠叠乱。

实际上，只要你放下名利，看轻得失，笑迎成败，坦对荣辱，你的心就会淡定下来。

你会因此而发现，你心安了，这个世界，顷刻间，又沉静如佛，风不乱，水不惊，万事不扰。

2

生命中，有无数过客，来来往往，擦肩而过，幻梦一般。

然而，又什么也留不住。一个又一个刹那，像风吹稚火，像水漫蚁穴，一瞬间，便缘生缘灭。

三千过客中，总会等来一个契合心灵的知音，相知于今世，相约于来生。

我愿用无数浮华的刹那，换得这一个不灭的永恒。

3

忘记一个仇人很难，但报答一个恩人却很容易。

把很难的事情交给时间，让时间化解一颗仇恨的心。把容易的事情交给行动，让行动去焐热一颗善良的心。

在时间的扶携下，我们渐渐学会了宽恕；在回报的快乐中，我们的良心被擦拭得闪闪发亮。

4

这个世间最美的相爱，是心与心的浪漫牵手，是生命与生命的激情融合，是灵魂对灵魂的神秘仰望。

唯有这样，爱才会流转出本质的诗意来。

能把这牵手、融合、仰望，都寓于平淡而琐碎的日子里的人，是最懂得经营爱情的人。

因为他们明白，唯其如此，这浪漫才会延续，这激情才会保鲜，这神秘才会永恒。

5

这个世界，忙得要死的，在抱怨；闲得无聊的，在抱怨。得到的，在抱怨；失去的，在抱怨。置身繁华之地的，在抱怨；偏居穷闾之巷的，在抱怨。冷落孤独的，在抱怨；众星捧月的，在抱怨。不名一文的，在抱怨；富甲一方的，在抱怨。地位卑微的，在抱怨；权倾一方的，在抱怨。

在一片抱怨声中，多少怨男怨女，惊了情绪，扰了生活，灰了意，冷了心。

删尽抱怨，整个尘世，是不是清净的，只剩下天籁？

6

有一个人，因为落选了主任的位置，和领导闹崩，差点出了人命。

一个苦苦找不到工作的大学生，听到这个消息后，摇摇头，惨然一笑，说："真是不知足啊，他只是不被重用。而我，是没人用。"

只要乐于比较，其实，生活给予我们的并不少。有时候，我们觉得痛苦，不是生活太无情了，而是我们太贪婪了。

7

不要粗暴地去表达一个观点，也不要冲动地亮出自己的态度。

哪怕，事后证明你是对的。

天地有大美，是因为历经了几十亿年沧海桑田的更迭，即便它什么也不说，它的美也会永恒。

事实上，沉默中，也会显出你的雍容大度，像一面湖泊，在浩瀚而蔚蓝的沉静中，让人们感受你的宽广与深度。

一句话，真正长大

电话里，父亲说来看我。我一再说，不要来了，可是父亲还是执意要来。

实际上，我心里一直也矛盾着。经常见其他同学的家长来看他们，给他们拿来吃的穿的用的，看着他们满心欢喜的样子，心里就酸酸的。我也巴望着自己的父母来看一看，哪怕只是一次。可紧接着就安慰自己，父母地里的农活多，不来也罢。

但我还是幻想着，有时候往校门口望望，希望突然之间能看到父母的身影。

今天父亲说要来，一上午，我的课都没能安心地听下来。

午间的铃声过后，我几乎是第一个冲出教室的。远远地看见父亲，黑黑地站在宿舍边的墙根底下，旁边放着个提包。看到父亲又瘦了，而且更黑了，我有些想哭，但我还是平静地走过去，说声"来了"，父亲说："来了。""我说过不让你来的。"父亲好像突然有些忸怩不安。我怕父亲听出别的意思来，就赶紧加了一句："家里挺忙的，我这里又什么也不缺。"父亲说："你妈说让我来看看你。"

父亲说完从包里拽出一个布包来，一层一层打开，里边是一个饭盒，打开饭盒，里边是几个油炸黍米糕。父亲说："你爱吃这个，你妈大早上摸黑给你炸的，还温着呢，趁热吃了吧。"

我蹲了下来，父亲也跟着蹲了下来。我有些哽咽，吃不下去，但我努力控制着自己的眼泪，并尽量让自己吃得香甜些。父亲在一边看着我，长时间默不作声。

末了，父亲要走。我说，以后不要来了，地里活忙，我这里学习也紧，大老远地跑着多费事。父亲只是点了点头，还是没作声。我没有送父亲，当父亲挎着那个米黄的包走出校门，佝偻的身影消失在人群中的时候，我的泪水再也忍不住，无声地滑落下来。

我知道，还有几十里的山路要等着父亲一个人走完。我有些失落地往教室走，突然意识到，自己竟没问父亲有没有吃饭。我一下子急得捶胸顿足，泪水又一次不争气地落了下来。

就是那一次，我一下子懂事了很多。再后来，每当有同学的父母来看他们的时候，我都要悄悄地叮嘱同学，别忘了问父母吃过了没有。

就是这样简单的一句话，或许在父母的眼中，意味着我们真正长大了。

总有一刻，不同寻常

那天，我转过街角的时候，见一个孩子站在超市门口，呆呆地望着那个卖冰淇淋的人，不走。

那是一个六七岁样子的乡下孩子，穿戴很不整齐。他望着各色的冰淇淋从铁机器里出来，又装在花花绿绿的尖筒里，那表情好奇而又神往。他不禁舔了舔嘴唇，说："妈妈，我要那个！"他顺手指了一下那充满诱惑的冰淇淋。

"不，咱们不吃这个，咱们走！"旁边那个推着自行车的女人，可能是孩子的妈妈，她一面说，一面拽住孩子的手就要走。

"不，我不走，我要！"孩子反扯着妈妈的手，僵持着。

"那个东西凉，吃了会肚子疼。"

"不，妈妈，我不怕凉，我不怕疼！"

"那也得等你爸爸回来再买。"

"不，爸爸到老远老远的地方打工挣钱去了，要到秋天才能回来。我就现在要！"

这个超市位于小城的繁华地带，穿梭出入超市的人很多，有人新奇地往母子这里瞅上一眼，有人连瞅也不瞅，就径自走开了。那个卖冰淇淋的人，也兀自安详地制作着他的冰淇淋，并不朝母子俩这里瞅上一眼。

"妈，我就是想尝尝，那个东西是什么味儿。"

"是……你管它是什么味儿？！"母亲见孩子仍然拗着不走，有些急了，"啪"一巴掌拍在孩子的屁股上。孩子"哇"的一声哭了，猛烈地抽泣着，样子委屈极了。

好多双眼睛一下子聚集了过来，带着惊愕、疑虑、责怪、怜悯、叹息……这些人聚拢着，不肯离去。

这时，一位衣着光鲜的妇人，走到卖冰淇淋的面前，要了两支冰淇淋。她把其中的一支给了自己的儿子，然后快步走到哭泣的孩子面前，蹲了下来，把手中的那支冰淇淋递给了他。

"给，亮亮，别哭了，妈妈不愿给你买，阿姨给你买。"她摸了摸孩子的脑袋，接着说，"几个月不见，亮亮又长高了！"说完后，她站起来，朝孩子的妈妈微微点了点头，笑了笑，便领着她的儿子走开了。

孩子不哭了，手里举着那支冰淇淋愣在那里。一样愣在那里的，还有孩子的妈妈。

走出人群后，那位妇人的儿子也有些不解，他扯住妈妈的衣襟问："妈妈，你认识亮亮？"

妇人说："不，孩子，妈妈也不认识。"

"那你怎么知道他叫亮亮？为什么要买冰淇淋给他？"孩子想要寻根究底，弄个明白。

妇人笑了，说："孩子，不要问这么多了，等你长大后，妈妈再告诉你。"

也许，若干年之后，妇人早已忘了这件事情，而他的儿子也忘记了问母亲答案。但这已经不重要了，重要的是，当妇人用智慧为那个陌生的孩子付出爱的时候，这个世界早已因为她的这个举动而变得不同寻常。

理解才是最温暖的依靠

一个家长，蹲在办公楼背风的角落里，一边抽烟，一边重重地咳嗽。他太憔悴，太瘦小了，那单薄的身子像要被这咳嗽震散了似的。

他的旁边，站着我的学生李太福。

我说："你来了。"李太福的父亲赶紧站起来，说："来了，来了。"接着，他又极其尴尬地说道："这孩子，说他多少次了，总是不听话，让你费心了。昨晚，他又跑回来了，我揍了他一顿。这孩子，太不像话了！太不像话了！"李太福的父亲显然还没有从昨晚的愤怒中摆脱出来，言语中，依旧咬牙切齿。

我吃了一惊："你为什么要打他？"不知为何，这一刻，我倒觉得，他打的，是我的孩子。

"每次回去，他都说要调整调整，你说说，一个学习，有什么好调整的，安心学习就是了，调整个什么劲？我看他回去，就是想偷个懒。下次他要再敢回去，我打断他的腿！"李书福的父亲越说越生气，浑身战栗着，手里的烟也跟着一起抖着。

我赶紧把这位父亲拉到一边。

我说："你知道你的孩子的日子是怎么过的吗？你了解他所受的苦吗？"李太福的父亲一愣，说："谁上学还不受个苦，不受个累？年纪轻轻的，晚上睡一觉，第二天，不就歇过来了吗？"

"不，你错了。太福为了上课集中精力，曾经嚼过茶叶，曾经用针扎过手；为了多学习一些，别人都睡觉了，他还窝在被窝里看书；由于学习压力大，曾经半宿半宿地睡不着觉，第二天，头昏脑涨，还要坚持学习；为了节衣缩食，他只吃馒头就咸菜，从来只打半份最便宜的菜；成绩考不好的时候，他曾经自卑到要放弃，甚至，他在日记中，流露出了轻生的念头……他经历的这些苦、遭受的这些痛，作为家长，你都清楚吗？"

那一天，我也有些激动。

我说："现在孩子们的学习，已经不像以前只是身体劳累那么简单了。他们所经历的痛，是精神之痛；他们所承受的苦，是心灵之苦。考试，竞争，一次次的挫伤，一回回的打击……失败的压力，压着他们，自卑的阴影，缠绕着他们。他们还是孩子啊，却要经历超越年龄的心理之痛苦。可这，除了他们自己，有谁能懂，有谁理解？"

或许因为我的激动，或许是因为这些话一下子触到了他的心底，太福的父亲半天没说话，只是不停地抽烟。这下，轮到我心里没底了，我的情绪过于激动了。其实，我只是见了完全不理解孩子的父母，情难自抑。

末了，太福的父亲站起来，说："老师，那我回去，不过，我要领着孩子一块回去，明天，我再把他送回来。"

我也不知道这位家长的葫芦里卖的是什么药。

第二天，李太福到校之后，高高兴兴地找到我，说："老师，你知道吗？父亲竟然和我说：'孩子，爸爸让你受委屈了。'就因为这一句话，我哭了整整一个下午。多少年了，只有昨天，我才感觉到真正回到了家，感觉到了家的温馨和暖意。虽然泪流满面，但那都是快乐的泪水、喜悦的泪水……"说到这儿，太福的眼圈又开始红红的，但满脸洋溢的，全是幸福。

我不知道天底下还有多少像李太福父亲一样的家长，但我知道，只有真正理解孩子的那一刻，天底下，所有疲倦的心灵才会找到家，才会得到温暖的依靠。

涌动在生命深处的树

那是初春的一棵树，很单薄的一棵，瘦削的影子落在地上，疏淡之间透着一种气韵。而硬硬的枝干在郊外空阔的野地上，卓然站立着。

一场漫长的冬季过去，这棵经历了霜雪和凛冽北风的树，终于从岁月的一个背风处苏醒过来，展出了一种春天的气象。

整个郊外的四际，只有一地寂静的阳光滚动着。即便有一缕风刮过，也是干瘪瘪的。几个人影，也只是静静地出现，又静静地消失。

我走到这棵树跟前的时候，她安静地等着，像一个少女，有一丝恬静，还有一丝遮掩不住的妩媚。我是一个爱四处转悠的人，碰巧今天我就遇到了这棵树。

树上光秃秃的。一场秋风，又一场秋风，把一树的叶子就刮跑了。或许现在这些叶子还迷失在时间深处，气喘吁吁地跑着呢。树顾不上管它们，因为她知道，自己每年在枝柯间养的这么一群家伙，到时候，都会一个不剩地跑掉。

我是说，这棵树，不，这个少女，一个人孤零零地站在旷野上，在寂静中舞动着生命的气息。我走过去的时候，她没有看见我，或者说她已经看见了我，但并不为我所动，进一步说，她或许不为任何事物所动，只在自己的生命中独舞。

可惜，我看不见她身姿的幻化，看不见她四肢飞天般地自如舒展，以及她的纤指、蛾眉，还有桃花般的嫩腮。也许她原本就没有动，处子一般地静立着，可她的气息、神韵却令我心动。

她就这样，一动不动地站立着，像是坐在教室里，专注于听讲的一个小女生。可是她并不知道有一个人在倏忽之间，动了心思。

大自然是一个多么大的课堂啊，她的生命当中，会有一阵冷风，会有一场骤雨，也会有一季融融的暖阳，冷不丁地也会从书中钻出一个霜冻来，让她冷冷地读上一阵子。她是一个好学生，你看，一旷野的生命都逃课跑了，只有她还在认真地听讲呢。

　　她一定是等着要做什么，是要爆出一枝春芽去唤醒春风，还是要在岁月的褶皱里去积淀生命？我不知道，我只看见她在旷野上执着地站成一棵树。

　　那是一棵在生命深处涌动的树。像一簇跳动的火焰，像一溪欢腾的水流，我捕捉不到她灵动的线条，主干像极了乐府民歌中朴素的故事，枝柯间却又流动着宋词中婉约的情感。

　　就是这样的一棵树，像一个柔弱的小女子，静立在荒凉的郊外，直立在孤独之中，让每一个过路的人为之怦然心动。

把温暖告诉每一个人

那是个初冬的晚上，我去值班。

刚转过宿舍楼的拐角处，突然，一个学生急匆匆地从那边跑了过来，咣当，他和我撞了个满怀。下意识的，我一下子抱住了他。

定睛一看，却是我们班的李成。他也看清了我，说："对不起，老师。"我笑了，说："没事，慢点，别慌里慌张的。"就在我松开拥抱的一刹那，我的手碰到了他的手——他的手真凉啊！我不由自主地攥紧他的手，说："瞧你这手凉的，天冷了，一定要穿暖和些。"

李成好像"嗯"了一声，又好像沉默着什么也没说，就跑回了宿舍。他走了，我的心里却很不是滋味。李成家境贫寒，刚入学到我们班的时候，就申请了勤工俭学。每当我看到他和其他几个勤工俭学的同学下午沿办公室收拾废纸的时候，心里就由衷地敬重他们，因为他们懂事了，知道心疼父母。

一个精神上寒冷的孩子，我不希望再看到他肉体上的寒冷。那天，我触到他冰凉的手之后，心里很是难受。

高一结束以后，李成学了文科，到了我们学校的另一个校区，我便很少再看见他了。然而，那年元旦之后的一天，李成的班主任王老师远远地喊我："嘿，马老师，那天我们班开感恩晚会，李成在晚会上提到了你呢。"

我笑笑，问是怎么回事。王老师说："去年冬天的一个晚上，你曾经和他撞了个满怀，而且你还攥紧他的手，说过一句话，是这样吧？"我说是。"你知道李成之后做了什么吗？"我摇摇头。王老师说："李成激动地把你的这句话，逐个告诉给了班上的每一个同学，他说，你的关怀，温暖了他一个冬天。"

——我早把这件事忘了。因为，在我看来，这样的一句话，这样的一个关怀，对于一个老师实在不算什么。可是，却成了李成生命当中刻骨铭心的一件大事。

也不过是火柴头大的一点温暖啊，在一个人寒冷的内心中，却可以燃烧成春天。看来，这个世界，最大的爱，并不是轰轰烈烈的付出，而是他人最需要的时候你及时的给予。正如我的这位学生，我想，当他把内心中的温暖告诉给每一个人的时候，那一刻，他得到的，就是爱的全部。

生命的欢欣与喜悦

一个老妇人，很爱吃冰淇淋。

但她又很怕凉，一边吃，一边吸溜着，说一声"凉啊"。每当这时候，丈夫总会跑过来，说："来，我给你吃一口。"然后，丈夫把冰淇淋含在嘴里，也不真吃，让冰淇淋在唇齿边待一会儿，然后，再递给老妇人。老妇人浅浅地一口下去，正好吃去的，是丈夫唇齿温热过的部分。

广场上，明媚的天气，人很多，很喧闹。

一个蹒跚学步的小孩子迈着小脚，七扭八扭地奔着你而来，就在他快倒地的一刹那，抓住了你的手，一种别样的柔软，一下子袭满你的全身。

他身上散发着奶香的芬芳，小脸粉嫩粉嫩的。他仰起脸来，看看你，觉得陌生，却没有任何戒备，双眸清澈、简单，是佛的眼睛。

旋即，他撒开你的手，又七扭八扭地奔向别人。一上午，你都会沉浸在小孩的手温润的感觉中，暖暖的，柔柔的，不散去。

一位家长来办公室，就学生的事，与同事沟通，好一阵子，声音都压得低低的。末了，轻轻推开门，走了。

她蹑着脚下了楼，几乎听不到她的脚步声。不一会儿，又一阵子细碎的步子，她重新上楼来了，直奔我们的办公室。我们都以为她还有未了的事情，只见她一吐舌头，说了一句"对不起，忘了关门了"，然后，轻轻地为我们合上门，才走。

学校教学楼的一面墙上挂了一块报修用的小黑板，桌凳、灯管、玻璃，无论什么坏了，只要学生们写上去，就很快有人前来维修。

那几天，连续下了几天的雨。黑板上，多了一行字：下了好几天的雨了，都漏得不成样了，还不赶紧补一下。语气中，颇有些责难的味道。后勤的师傅们有些惶恐，但又不知道谁写的，什么地方漏。于是，干脆在那行字下面，加了一行：补哪里？第二天，黑板的下面多了两个字：天呗。

上班的路上，有一家酒店，酒店的前面，是一个广场。每天早上，那里都有晨练的老人，他们分为两拨，一拨打太极，有十几个之多；而另一拨则练剑。

然而，练剑的人总是少一些。这几天，看上去还有四五个人呢，过两天，就变成两三个了。总之，寥落中，显得有些落寞。

有一天，我发现，参加进来的一个，是我常见的蹬三轮车的老人，然而，他舞的不是剑，是把大片刀。由于刚刚学，招式不伦不类，样子也滑稽得很。不知道为什么，之后每次上班，我总要留意一下有没有那位舞大片刀的老人，总要驻足看看他那独特的一招一式。

尽管，练剑的人依然少，今天多一个，明天少一个。但每天早上，有一位老人暂时忘却生活的艰辛，忘我地加入到这个行列中来，我想，他一定是找到了生命的欢欣与喜悦。

背叛了根的葫芦

中午，正在午休的时候，办公楼里来了几个民工。

叮叮当当的，听声音，应该是来粉刷走廊的吧。几乎是从底层一楼开始，他们就扯着嗓门高声喧哗着，说的是方言，也听不出来是哪个地方的话，聒噪得让人难受。

睡意朦胧中，他翻了一个身，心里叹息一声：这些民工们，真没素质！

哗啦哗啦，一阵拉动木凳的声音；咣当咣当，此起彼伏放置刷桶的声音；叽里咕噜，一连串快速而陌生的方言。这些声音交织在一起，在这个有些安静的初夏午后，显得格外尖锐和刺耳。每响起一阵，他的心就咚咚地跳上半天，看来，今天是不好再睡了。他不禁再次抱怨了起来：这些没素质的民工们！

也不知道是哪位同样被吵醒的同事，在宿舍门上使劲砸了一拳，表达着自己的不满。这声音，仿佛是晴天的一声霹雳，在空旷的走廊里响起。他不禁有些高兴，心里想：这下，这些民工该明白了吧。

然而，没过多久，所有的喧嚣声又渐次响起。拉木凳的声音，放刷桶的声音，各种工具的撞击声，还有恣肆而张扬的方言，在楼道里再次刺耳地回响起来。他终于忍受不住了，拉开门朝楼道里喊了一嗓子："你们还让不让人睡觉了？难道不知道我们在午休吗？！"

静默，长时间的静默。他看了看表，刚刚一点半，距上班尚有一段时间，便又重新倒头躺下。估计，这会儿，那些民工们一定灰头土脸地退出办公楼了吧。他这样想着，心里掠过一丝快意。

上班时间快到了，他匆忙洗了一把脸，走出宿舍。刚一开门，他就被眼前的景象惊呆了：只见六七个民工，齐刷刷地默坐在走廊的墙根下，一动不动，样子像静伏的秋虫。见他出来，其中一个民工站起来，红着脸用并不标准的普通话说："不知道你们中午休息，我们还以为办公楼里没人呢，实在对不起！"

其他的几个民工，也跟着站起来，脸上满是歉意，连连说着"对不起，打扰你们了，打扰你们了"。

看着面前的几位善良的民工，他突然觉得脸上热辣辣的。他没想到，民工们会用这种方式回应自己的愤怒与咆哮。他一下子不知道该说什么好，勉强挤出一些笑容，说："哦，没关系，你们忙吧。"说完后，便一口气冲下楼。那一刻，他真想找个地缝钻进去。

无论在城市里住了多少年，也不应该歧视民工兄弟。因为，你不过是从农村这根藤蔓长进城市的一只幸运的葫芦——他突然想起报纸上一个作家曾经打过的比方，不禁有些愧怍。是啊，自己走进城市也没几年，便从这根藤蔓上迷失掉了，成了一只可怕的背叛了"根"的葫芦。

民工，是藤蔓的另一端我善良纯朴的兄弟。那之后的日子里，再见到农民工，他的心里总洋溢着温暖的亲切感。

幸福从明天开始

她认为，丈夫并不爱她。

他们步入婚姻的殿堂，是经人介绍的。嫁过来不久，有一次，她烧饭的时候烫了手，她跑过来说给他听。本来她想听到丈夫几句心疼的话，不料丈夫眼一瞪，说："你就不懂得小心一点？！"

这不是一个怜香惜玉的男人。

有时候，她看到别的女人被丈夫惯着宠着，就从心眼里羡慕并嫉妒她们。她多么希望自己的丈夫也能这样啊。难道就这样一辈子下去吗？她对自己的婚姻有些绝望了。

她曾动过离婚的心思，但眼看着孩子一天天大了，她怕苦了孩子。丈夫是一个活得很粗糙的男人，在他眼里，只有上班下班，养家糊口，别的什么也没有。她听别人说，手脚冰凉的人，是没人疼的。她一年四季都手脚冰凉。看来，注定这一辈子都不会有人疼了。绝望到头，她有些认命了。

然而，有一天，这一切都变了。

那是一个冬天，她被厂里派到郊区一家单位去收账。身为会计的她，经常要出去和不同的单位打交道，月月年年，都是这些琐碎而繁杂的活，她也已经习惯了。那天，直到很晚，她才和对方理清账目。往回走的时候，已是晚上七点多，马路上，空空的，没有一个人。她蹬着自行车，急匆匆地往回赶。虽然雪后有几天了，路上还是有些滑。一路上，尽管她小心谨慎，可有几次，还是差点滑倒。就这样，骑了将近一个小时，她才回到家。

家里冷清清的。儿子在外婆家。他呢？加晚班，还是在和朋友吃饭？唉，管他呢。她实在不愿提起自己的丈夫。一想起丈夫，她就有些心寒。

可是，一直到很晚了，也不见丈夫回来。她有些着急。给他打手机，客厅里铃声大作，他居然没带电话。她有些坐卧不安，他到底干什么去了？

十一点多的时候，她听到"咚咚咚"敲门的声音。这不该是丈夫，他从来不这样敲门的。"谁？！"她有些警觉，高声喊了一嗓子。

"我。"是丈夫的声音。她觉得有些不对劲，打开门一看，只见两个小伙子架着丈夫等在外面。"怎么啦？怎么啦？"她有些慌张。"没事，他只是摔了腿。"其中的一个小伙子说。

送走两个小伙子，她望着靠在沙发上不能动弹的丈夫，不知道究竟发生了什么。结婚这么多年了，在这一刻，她才突然感觉到，她和眼前的这个男人关系竟是如此之紧密：是啊，这是自己的丈夫，是一辈子要和自己过生活的人，他是不能有三长两短的。

她蹲下，攥着他的手，问："到底是怎么啦？"他有些不好意思，说："没事，就是摔了一跤，呵呵，半天没起来。如果不是碰上两个好心的小伙子，差点冻坏，呵呵……"

"你到底是干什么去了？"这一刻，女人真的有些心疼。

"哦，是这样。本来，我在家等着你回来。我翻看今天的报纸，有一个消息说，胜利大街的解放桥有结冰，很滑，昨天晚上一个女人滑倒，摔在栏杆上，摔坏了。今天早上上班前，你说，你要去郊外收账去，我想你回来的时候，肯定要经过这座大桥。我怕你……本来，我是想去接接你，我骑得快，哪料到前面会有一个窨井没有盖，结果，摔得我半天起不来……"

女人一下子扑在男人怀里。她哭了，哭得一塌糊涂，仿佛是拦蓄了多少年的一个大坝，这一刻决了堤。泪眼朦胧中，她觉得，她所依偎的男人，原本就是自己另一半温暖的依靠。只不过，这是个粗糙得有些大大咧咧的男人，他不懂得甜言蜜语，不懂得细腻的呵护，但他并不缺少对自己的真爱啊。

那天，女人幸福地哭了一个晚上。当然了，不仅是那个晚上，女人知道，从明天起，所有的日子，都要重新从幸福开始了。

永怀天使之心

那天是周末，商场里顾客不少，人头攒动。

我漫无目的地转悠着，快走到服装区的时候，一个蓬头垢面的人迎面站在我面前，拦住了我。这个人的手里，还拿着一沓类似便笺的纸，见我停下来，便快速地往纸片上写下一些字。职业乞丐！我的脑海中迅速跳出这样一个词。因为就在上周，我去鞋城买鞋的时候，就曾经见过这个人，当时他弓着腰，装着可怜兮兮的样子，伸手向来往的顾客要钱。

今天，他居然装扮成了一个聋哑人，可笑之余又让人觉得可气。我拿出十足的耐心，等着他写。在我想来，他所写的，不外乎是编造的一些人生灾祸或者不幸罢了。他把纸片交给我的那一刻，我看也没看，就折叠了几下，放在衣兜里。我说："对不起，我还有点急事，一会儿再看你写的是什么。"趁他一愣神的工夫，我便急匆匆地走开了。走开的那一刹，我不禁自鸣得意。在我想来，我的这番举动可以说是对这个好吃懒做的家伙的一记羞辱。

从商场出来，我还沉浸在得意之中——毕竟，这样的人无论如何都是该羞辱一番的。我从兜里掏出那张纸片来，想看看他到底编造了哪些不幸和灾祸。一折一折展开来，字条上歪歪扭扭地写着这样一行字：你的身后有小偷，注意点，他一直在跟着你。

我惊了一身冷汗。赶紧摸摸牛仔裤的后兜，却发现，我揣在里边的几百元钱已经不翼而飞了。那一刻，我突然感到局促不安，不是因为丢了钱，而是意识到了自己的卑劣：当一个乞丐，以一个天使的身份站在我面前的时候，我却心怀恶意，羞辱嘲弄了他。

记得，在一次电视节目中，余光中先生曾说过这样一句话：不要随便赶走来到你家门口的乞丐，那可能是来检验你的天使。也许，在我们的一生当中，有许多人，会以一朵云的阴凉，以一阵和风的轻柔，以一茎花的芳香，以种种可能的方式，走进我们的生命。他们怀着善良、真诚以及对这个世界的美好，来帮助我们，成就我们，可是，由于我们内心的褊狭，隔着世俗的距离，对他们怀着偏见、冷漠、歧视乃至敌意，将他们看成陌路、对手或者敌人，从而一次次错过天使赠予的抚慰、关爱和温暖。

只有我们心里藏有天使般的善良与纯净，才会有天使攀上我们生命的窗台，登临我们命运的门槛，为我们的人生之路铺满一地金黄的阳光。想得到天使的恩宠，就要永怀天使之心。

父子间的秘密

父亲是个搓澡工，打我记事起，父亲就在城南李记澡堂给人家搓澡。

我已经长得很大了，也没有人喊我的大名。只是说，他啊，是搓澡工家的小子，学习不赖。即便是在夸我，只要别人说到我是搓澡工家的儿子，我就会远远地走开。

记得有一年夏天的晚上，我在旁边冲凉，父亲在槐树底下坐着抽烟。我冲到一半的时候，父亲站起来说："小子，来，我给你搓搓背。"我有些不冷不热地说："你给别人搓去吧，我用不着你搓。"说完后，我把剩余的水一下子兜头浇下来，一转身，就进屋去了。黑暗中，只剩下父亲一个人，呆呆地站在那里。

我很为有这样一个父亲而感到丢人现眼。

上初中的时候，语文老师曾经留过一个《我的父亲》的作文题目，同学们都写了很多。整整一节课，我却只字未写，因为我不知道怎么去写这个每星期都到城里为人家搓澡的父亲。夏秋地里忙的时候，偶尔还可以看到他。冬天，几乎整整一个冬天，便很难再看到他的影子了。到别的伙伴家玩，看到人家的父亲坐在炕上一家人有说有笑的温暖情状，我的心里就涩涩的，说不出的难受。

就因为那次作文，语文老师把我叫到办公室。老师问："李小乐，你的作文为什么仅仅写了那么几行文字？"我半天一句话没说，我以我的沉默拒绝与老师谈父亲的事情。阳光从宽大的窗户照进来，照在老师的脸上，老师的面容在耐心中泛着慈祥的光芒。他想尽办法与我沟通我与父亲的情况，但任凭他怎么说，我始终不发一语。

这样的父亲，没什么可说的。

然而，没有料到的是，我快上高中的时候，父亲便不再去城里了。隐约听他说，好像要和别人一块去做买卖，便辞去了为人家搓澡这个活。我说不出是高兴，还是解脱，总之似乎一下子轻松了许多。其实，父亲还不知道，我原本并不打算去上高中了。因为高中就在城里，我不想让同学们知道我是搓澡工的儿子，更怕哪一天，突然在大街上看到他。既然，他不去了，我便开始筹划上高中的事情。报到的那一天，父亲说："我去送送你吧。"我说不用了，父亲便不作声，默默地在一边帮我拾掇。就在我跨上自行车的那一刻，他一下抓住车把，颇有些坚决地说："你没出过门，还是让我送你去吧。"我一口回绝了父亲，连头也没回就走了。父亲一个人，在坡上瞭了我许久。

上高中的那一段日子是快乐的。重要的是，父亲终于不再是一个搓澡工了。每次月休回家的时候，我都会看到父亲和母亲在家里等我回来。我兴高采烈地给他们讲学校里发生的事情，他们一边认真地听，一边不断地颔首微笑。看得出来，父母也为我在学校取得的成绩而自豪着。

高三的那一年冬天，我回到家已经很晚了，只有母亲一个人在。我问，父亲呢？母亲说，出去好几天了，还没有回来。我便有些怅然。睡到后半夜的时候，听得院里沉闷的咳嗽声，父亲回来了。父亲的棉帽子上、须髯上都挂着白白的霜，像圣诞老人一样。推门进来，他便笑眯眯地对我说："小子，看，给你买来了啥。"说完后，父亲便从挎包里倒出几本书来，我一看，竟然是一整套的《高中各科复习综合训练》！我翻着崭新的书，心里说不出的高兴。父亲抚摸着我的头，不断地重复着："好好学吧，好好学吧。"那一刻，我的心里突然涌动着一种从来没有过的异样感觉，后来我知道，那叫幸福。

高中毕业后，我考上了大学。然后，又分配到另一座城市。有一次，我看到了初中的语文老师。他说："你还不知道你父亲为你付出了多少吧？"见我愣在那里，他接着说："那年，我把你作文中的情况反映给你父亲后，他便以做买卖为名义，偷偷地躲着你和别人，到邻县的澡堂里搓澡去了。为了不让你知道，约莫你什么时候月休，他就什么时候提前等在家里。就连你们村里的人，也不知道你父亲那几年到底在忙什么……"

这就是一个父亲为孩子的成长所付出的。若干年之后，我理解了父亲，我也知道了一个孩子的虚荣给父亲带来了什么。是的，卑微的父亲没有别的手艺，为了养家糊口，他有的只是劳作和承受。

后来，我一直没有问过父亲这件事，我不想把它捅破，我想珍藏起来，用一生的时间去体味饱含于其中的辛酸。

前些日子，我洗澡，父亲正坐在沙发里看电视，我说："爸爸，给我搓搓澡吧。"就在父亲给我搓背的那一刹，我哭了，而父亲，也泪流满面。

味蕾中的乡愁

天下的美食真是海了去了。

你看那庞大而芜杂的菜系下面，一道道的佳肴，就像那深宫内如云的佳丽，一拨一拨，窈窈窕窕的，恐怕迷乱了眼神，也不好数过来。这还不算遗落在民间的那些野味，虽只是些散珠碎玑，上不了台面，却也绿的翠绿、黄的金黄，逗引着人的涎水。

然而，阅尽天下美色，等如烟的红尘散去，到最后，也只会有一个人，在你心里挥之不去。美食也一样。前些天，我在电视上看到一位美食家，白净的面皮，五官也生得安详。他说："吃到最后，我还是喜欢小时候江南老家的那种小甜点，松软松软的，甜而不腻，一口下去，满心里都是香的。"

在我想来，但凡人间的美食，是不可尽吃的。那味觉中的审美，是心中的小兔，会在倏忽间跳出来，左右你的心思。你走惯了里弄，就会惬意于每一条幽巷，长短也好，宽仄也罢，毕竟那曲折幽深中，有你低回的梦境。美食也一样，当你吃惯了一种或几种之后，有其他美食突兀地呈现在你面前的时候，你会心思疙疙瘩瘩地吃不好，在嘴里云一阵雨一阵，味觉迷失错乱，全然不得真滋味。

袁枚的《随园食单》从"须知单"始，一直到"饭粥单"，谈各种美味的做法吃法，细节圆润真切，包罗详尽周密，真够我辈瞠目结舌半天的。然而吃到最后，排场讲究到最后，在蔚为大观的喧嚣中沉寂下来，你的心也许只会流连在一味美食上。这味美食也许并不浓艳，并不张扬，它朴素内敛地沉静在那里，却丝丝缕缕地牵扯着你的神经，你的情感，你的心魄，才下眉头，却上心头，纠缠着你的心思而欲罢不能。

梁实秋在他的一篇文字中说："现在，火腿、鸡蛋、牛油面包作为标准的早点，当然也很好，但我只是在不得已的情形下才接受了这种异俗。我心里怀念的仍是北平的烧饼油条……海外羁旅，对于家乡土物率多念念不忘。"还有一个人，名姓我忘了，移居异域他乡后，梦里都想着家乡的一种叫作酱鸭头的美食。他说，吃完后，把一片片薄薄的骨头摆放在桌子上，漾上来的饱嗝都是幸福的。看来，远走异域他乡的人味觉中有着极其珍贵的一种审美，那便是味蕾中浓浓的乡愁。

塞北有一种叫作莜面的美食。记得小时候，母亲把一块平而光滑的石板斜放在炕上，在和好面的盆里，揪拳头大小的一块莜面出来，然后撮出更小的一块来放在石板上，手掌轻轻地推下去，莜面便薄如纤叶了，然后经食指和中指轻轻一卷，一个个窝窝便鲜活地站在蒸笼上，密密麻麻地排列起来，就像蜂窝一样。吃的时候，佐以山里的鲜蘑菇和精肉炖出的汤，真是鲜美可口。

可惜，我所在的这座冀中小城并没有卖莜面的地方，于是隔三岔五，母亲就从老家寄些来。莜面并不贵，邮费却不菲。然而我知道，这世上有一些账是不能细算的，也是不必细算的，尤其是这样一笔珍贵而厚重的乡愁。

最美的答案

在风光旖旎的南部草原，鲍比和她的学生们度过了最开心的几天假期。他们一起在丽水湖划船，在草地上举行篝火晚会，还在一个暖和的小木屋里开过 Party……虽然是短短几天的时间，却是难得的快乐时光。

这天，他们开始往遥远的北部山区赶，他们要回到学校去。然而并不如意的是，下了火车后，换乘的公共汽车一路上抛锚了好几次。天色渐渐地暗了下来，车窗外风雪肆虐。他们的学校在一个相对偏僻的农场附近，下了公共汽车后，还有二十多里的路程。不会有什么意外吧？鲍比老师看了一眼车厢内睡得正熟的三个孩子，心里暗暗地想。

下了车后，由于晚点时间太长，来接站的车已经走了。地上，只剩下被风雪掩埋的两条浅浅的车辙印。鲍比的心里"咯噔"了一声，除了无边无际的夜色，暴风雪也越来越猛烈了，她不知道等待她和三个学生的是什么，一丝的恐慌向她的心底袭来。她简单地辨别了一下方向，就开始领着孩子们向学校的方向走去。

强烈的风，在掠过树梢时发出一种让人毛骨悚然的怪响，无数的小雪粒砸在脸上，有一种钻入肌肤的疼痛。走了没多长时间，其中的一个孩子开始冷得打起了哆嗦。鲍比静静地脱下了自己的裘皮大衣，裹在了这个孩子身上。刺骨的寒风，一下子侵入鲍比的骨髓深处。孩子死活不肯，又把大衣还给了老师。鲍比坚决而又果断地把大衣给了他。这次，这个孩子没有立即把裘皮大衣还给老师，而是自己暖和了一阵子之后，交给了另一位同学。同样，那位同学暖和了一阵子之后，把裘皮大衣传给了另一位大个子同学。而最后，大衣又回到了鲍比老师的身上。

鲍比也不知道他们是否迷了路，她只是凭着树林和山包简单地判断着方向。途中，他们遇到了几个避风的地方，但她没敢让孩子们歇下来。她领着孩子们一遍一遍地唱歌，熟悉的歌、不熟悉的歌，他们都唱。呼啸的风中，他们低沉的歌声时隐时现。在此期间，鲍比老师的那件裘皮大衣还在传递着，而她自己却没有表现出丝毫的寒冷。在严寒面前，她似乎泰然自若，领着孩子们向前走着。

但是，还是有一个男孩子体力不支，一步也走不动了。鲍比老师用裘皮大衣将他严严实实地裹好，起初是大家轮流揹着他，后来是鲍比老师背着他，再后来是拖着他，一步一步地往前挪……

鲍比老师返回的消息很快传遍了农场的周边地区。在北欧这样一个暴风雪的晚上，一个大人和三个十五六岁的孩子，竟然在迷路的情况下回到了学校，而且除了一个学生略微冻伤外，其余的人都安然无事，这简直就是一个奇迹。

本地的一家发行量很大的报纸，为此撰写了一篇详细的报道，报道记述了整个事情的来龙去脉，而且也采访了鲍比和她的三个学生。文章的最后，是这样的一句意味深长的话：**命运永远不会向两种人关门，一种是敢于向困难抗争的人，一种是懂得施爱的人。**

大家都从那篇文章中得到了关于这个生命奇迹最美的答案，也从这个故事中得到了人生的启迪。

浪漫的雪野

父亲推门进来，使劲跺了跺脚，下雪了。

屋里还蒙蒙的黑，只在厚厚的棉窗帘后面漏进几线光亮来。我起来，撩起窗帘，玻璃上结着厚厚的一层霜，呵过一阵气后，院里的轮廓逐渐显现出来。

宽大的院子更显空旷了：矮墙更低了，柴扉和木车孤立在雪地上，一串脚印看不着了，一截草绳躲了起来，只剩下一片雪，寂静地白着。一只鸡从鸡窝里跳下来，单腿站立着，不动。后面的鸡，把脖子探出来，又缩进去，逡巡着，不敢出来。只有麻雀在高枝上喧闹着，跳上跳下，惹得些许雪的碎屑，纷纷扬扬地落下来。

每年一到了这个时候，雪下盈尺，我总要起个大早，和父亲一块儿到雪野上去转转。我胡乱地穿上衣服，捂上皮帽子，穿好毡疙瘩鞋，就开始往外走。父亲正在门外扫雪，看见我，也不知道从哪里扯出一块围巾来，在我的脖子上转了三圈——我们出发了。

　　一出门，是一面坡，上了坡，是另外一面更高的坡。外边白得有些耀眼，也静得出奇。一切路都没了，于是我和父亲便恣意地走。父亲或许有意不想走到老路上，他在前面，我在后面，那么大的一片雪野只有两条路，我的，以及父亲的路。我故意离父亲远远的，我也不想走在父亲走过的路上。因为走自己的路，心中才会萌动一种成就感和莫名的愉悦。毡疙瘩鞋陷在雪里的声音真美啊，呼哧——呼哧——，是一种寂静而松软的声音。

　　村庄，逐渐收在我们的眼底了。雪后的村庄，显眼的，只剩下一家一家的窗户了。然后是炊烟，飘散着虚淡的蓝，却也氤氲着，不肯散去。我和父亲一口气上到很高的地方，父亲给我拍了拍结在围巾上的霜，父亲的皮帽子两边也沾了点，我正要给父亲拍，父亲一抬手，轻轻两下，自己拍掉了。

　　远处，有几个黑影，也不知道是谁家早早打出来的牲口。它们站立在雪地里，不动，像遗落在素白草笺上的墨点。更远的地方，有几只野兔，正旁若无人地疾走着。

　　到坡顶的时候，风有些大，吹在脸上，有种刀割的感觉。父亲身子一斜，站在了我的上风口。随后，他向遥远的一处地方一指说，你看，那里是后草地。我顺着父亲手指的地方看过去，平时原本灰蒙蒙的地方，现在清晰了许多。我问："那就是你们每年冬天换粮去的地方吗？"父亲说："是。""怎么山上有的地方没雪呢？"父亲说："那里山高，风大，雪不好待住。"父亲顿了顿，接着说："你知道吗，翻过那座山，再走，就是口（张家口）上了……"

我不知道父亲最后这句话的意思。

好像多少次，父亲领我上了山，总要说这句话。开始我没有认真听，后来我想问他，但最终没有问出口。同时，我也不知道，父亲大冷的天，问什么要执意领我出来转转。

若干年以后的今天，父亲早已沉睡在故乡的地下了。然而，每每到了冬天，每每大雪初霁，一种浪漫而美的情愫就会在我心底洇开来，像水墨画中的梅花，凌寒独傲。

沉默的时光

时光之于人，就是刮了一夜的大风之后，第二天早上落进门缝里的一层雪。只一绺，极纤细，极轻薄，却又存在得极短暂，还未等煦暖的阳光完全挤进来，便烟消云散了。

就是这么短暂的一个瞬间，却可以实实在在地做好一件事情。一颗露珠，在草叶上只驻留一个清晨，却在晨曦里留下了晶莹剔透的一抹光彩；一朵小花，有时候开不过午后，却把一段清香播散给周围的土地。有时候，所做之事，没必要惊天动地。一件小事，只要你全身心地去投入，锲而不舍地去做，最终也会成为你人生中的一件大事，从而成就属于你的事业，这就已经够了。

在一汪清水前驻足，与在一潭碧水边徜徉，本质上是一样的。你把时光交给潋滟的水，水就会为你升腾诗情，为你开阔胸怀。实际上，只要你把时光交给人生中一个具体的目标，这个目标就会给你回应，就像你在大山里喊话，大山总会还给你余韵悠长的回音一样。尽管有时候，这样的回音遥远渺茫，让你等了好久，你也不要以为生活欺骗了你。或许，它只是想换一个时间，换一种方式，来给你更大的馈赠。

　　属于你的时光，就是你的，它逃不掉。有一天，你发现身边一片荒凉，那一定是你荒废了时光，它长不成别的，只好为你长成蒿艾野草，摇曳在你的周围。所以，更多的时候，对于时光，除了珍惜，你还要认真地呵护，甚至像爱一个生命一样地去爱它。它不会感激你，也不会为你立刻拿出什么，它只会默默地注视着你，像月光的清辉，像树梢的雾岚，萦绕在你的周围，为你送走昨天，迎来明天，并在沉静中，为你酝酿生活的希望。

　　时光给予人的都是平等的。懂得生活的人，往往会把人生的每一段时光都雕刻得精致而有韵味。他们在时光的页脚上，谱写下浪漫的絮语；在时光的眉心里，点上幸福的真谛。他们一点一滴地品味时光，享受时光，并努力在时光的背影里，留下人生最美丽的幻影。

　　终于有一天，年老的你，坐在静谧的阳光里。你发现，昨天的阳光和今天的阳光并没有多大的区别。那一刻，你已经做不动其他的事情，天际云卷云舒，庭前花开花谢，这些尘世美景，恍惚间都属于了别人。你比以往任何时候都留恋时光，然而时光像一位变了脸的亲戚，与你一天天地疏远了起来。她不和你谈判，不容你讲和，甚至不给你妥协的机会。她要绝情地拂袖而去，只给你留下一袭美丽的背影，让你咀嚼和回味。

时光已经陪你走了很远，它就像亲人、朋友、恋人一样，让你眷恋。它让你阅尽了人间春色，尝遍了生活滋味，也让你懂得了人世间的许许多多。在如水流逝的时光中，你学会了欣赏别人，懂得了感恩于他人的救助；你知道了舍弃的重要，也懂得了牵挂的美丽；你发现，芬芳他人也可以愉悦自我，敬重别人的同时也会赢得别人的敬重。时光让你看清了一些人，也让你悟透了一些事，这一切，都是时光给予你的，而时光，却始终沉默着。一心给予，不事喧哗，你发现，时光本身就是一位哲人和智者。

有一个人问圣人："一个生命逝去了，是不是像一盏灯一样，这个生命的光亮会随即暗淡下来？"

圣人说："是。"

"可是，这以后，为什么我们还会感受到这份光亮的温暖？"

圣人回答说："说明属于这个生命的时光还在延续。"

未等这个人继续发问，圣人微笑着说：**"时光永远不会为一种人停下脚步，那就是用爱活在这个世界上，并把爱留给这个世界的人……"**

那一堵老墙

牛车还在墙边靠着。

已是暮气沉沉的样子，失却了轴承的车体在沉寂中哧哧地响着，像极了祖父伏在炕上的喘息。

墙在院里，院已破落了。

这是一堵黄土夯积而成的墙，有风在上头轻轻地吹着，若隐若现的，于是有土粒纷纷扬扬地落下来，细细地积在墙根下，还有些许浅浅地落在车上，蒙了尘的车就越发地老气横秋了。

在一个秋日的下午，我回到老家，还未完全进到院里的时候，这堵墙就挡住了我。其实，院里已经长久没人住了，已是一幅苍凉破败的景象，蒿草长得约有半人高，还有一些叫不上名字的草，已经快干枯了。

墙是父亲和叔辈们建起来的。肩膀浑圆的父亲，和同样肩膀浑圆的叔辈们，在建这个家的时候就先建了这堵墙，他们抬起沉重的打夯石头，又重重地落下去。在童年的我的眼中，他们的臂膀隆起的肌肉，告诉我他们能够举重若轻，能够建造一个坚实而又稳固的家庭。

祖父在旁边蹲着，嘴里吧嗒着旱烟，眼中却满是挑剔。

墙土于是一层一层地积起来，纹理分明着。它们又紧紧拥抱、黏合，团结地走过岁月。后来父亲去了，年长的叔辈也去了，最终只剩下了这堵老墙。

然而这堵墙的实际意义并不大，它围拢在四周，只是完整着家的概念，并不能去阻挡什么。七几年的时候，曾经有几次，黄鼬轻而易举地翻过这堵墙，偷去了家里的鸡。尽管父亲把篱笆门扎得紧紧的，但他却忽略了那堵墙。

原来，坚实的墙看起来并不可靠。

祖父年老的时候，就爱倚着这堵墙，冬天去晒暖，夏天去乘凉。仔细想来，这墙不过就阴阳两面，祖父却记在心头，冬日被暖阳煨得暖和了，他就会眯着眼倚着墙睡长长的觉；可惜夏日那阴凉就短了些，祖父珍视得要命，把自己缩得尽可能小，藏进去。

祖父那时候爱拉着我的手，四处转转，但转来转去都围绕这段老墙。有时候，不出声，一个人认真地端详着，思考着。我呢，则很迷茫地看着他的样子。

我们俩的样子都很特别。

有一年春天，墙头上活泼地长出几株草来，极鲜嫩的样子。祖父高兴得眉梢不规则地抖动着。在一个长长的夏日里，它们都矫情地摇曳着。夏末的时候，一个上小学的孩童玩也似的扯去了那几株草。没想到，祖父动了情，不但大骂了那个孩童，而且为此悲悯了好长的一段时间。

我们一家人不知道他是为了那堵墙还是为了那几株草。

祖母死于惊吓。那是叔辈们还小的时候，住在一个没遮拦的孤房子里。一天晚上，群狼光顾，狼是奔羊去的，祖父和父亲奔出去赶狼的时候，竟忘了带上房门，结果有两只狼径直窜入屋里，扑向两个叔叔。

结果叔叔没事，祖母却受了这一惊，而后染了沉疴，一病不起。祖母死的时候，对祖父极悲伤地说，再建房的时候还是修一堵墙吧，祖父便连连点头，泪流满面。

于是，这堵墙就多少染上了祖母生命的痕迹。

及至祖父晚年哮喘病发作严重，每每预感到某种不祥的时候，就让父亲搀着他绕着墙根转一圈。之后是长久地端详，表情呆滞而又专注，痛苦而沉静。直到父亲在他的耳根连连催促，他才一步三晃地回到屋里的那盘大炕上。

祖父去世的前一年夏天，雨水很多。老墙的一段就歪歪斜斜，很有几分要倒塌的情势，急得祖父赶紧让父亲把那辆破车靠紧了墙面，才终于不倒。

不料，从此老墙在风雨飘摇中竟然屹立不倒，送走了祖父、父亲，还有我的两个叔父。

不知道这堵老墙，还能坚持多长时间。

第二辑

爱是这个世界的温度

行走与驻足

1

我很喜欢这样一句话：当一个人意识到一颗钻石比一颗玻璃球贵重的时候，这个人已经可悲地长大了。

大人与孩子的最大区别恐怕就在于此吧。学会用金钱去衡量事物的那一天，内心圣洁的纯真就没了；学会用利益来权衡人际关系的那一刻，无邪的稚趣也不复存在；纯真和稚趣都没了的时候，一个人就可怕地长大了。

童年，是一个人最美的梦境。而长大，是人生对这个梦境最冷酷的摧残。

2

举一瓢浊水，给了即将干枯的小树，是善事；泼向别人，是恶事。

这都是举手之劳的事情。实际上，人生原本没有多少大事，平庸的人把小事一直当小事做下去，就让自己的一辈子湮没在了小事之中。

能把小事做成大事的，除了要有智慧、耐力、韧性之外，重要的，还要有机巧。不过，崇高的机巧成就人，诡诈的机巧毁灭人。

3

人生最惬意的活法，是冬日的早上，窝在被窝里睡懒觉。

窝，是依恋的姿势；被窝，是温暖的地方；懒觉，恰又是自己所渴望的。睡着也好，没睡着也罢，懒懒地窝在那里，即便干躺着，也是好的。

这个世界上，没有恒久的幸福，只有瞬间的惬意与安适。

4

校园的花园里，种了不少的树。

两年的样子，好多的树长得已经足够粗壮了，只有一排树，稀稀拉拉的，异常枯瘦奇小。一样的阳光，一样的水土，甚至风，甚至呵护，都是一样的，为何它们偏偏长成这样的情形呢？

一打听，这种树的名字叫银杏。

珍贵的东西不会说话，但它却高贵地珍贵着。

5

如果把快乐和幸福比作甜点的话，稀少的时候香甜，吃多了就会发腻，没了，却又不行。

而痛苦则像一场山洪，甚至是一场浩大的泥石流。它是毁灭性的，可以淹没小草，摧折大树，推倒房子，冲垮桥梁。然而山洪过后，留下来的一切，都焕发着坚韧刚强、百折不倒的风姿。

错过一次快乐，错过一场幸福，只是错过了人生的一丝营养。**如果我们的人生与痛苦没有一场深情的邂逅，那么我们错过的，将是一场刻骨铭心的历练，以及精神昂扬向上的涅槃。**

6

丰子恺有一篇妙趣横生的文章，叫《口中剿匪记》，说自己口中所剩的十七颗牙齿，是一群匪徒，需要把它们剿尽、肃清，口中方能太平。

实际上，有一大群大大小小的"匪类"盘桓在我们左右，譬如，懒惰是个惯匪，自私是个劫匪，自满是个楚楚动人的女匪，灰心是个恶匪……人生就是一场与匪类旷日持久的战争，不要指望能够完胜，有时，即使两败俱伤，我们也已经胜了。

麻雀，麻雀

傍晚时候，一场会议正在报告大厅举行，一只麻雀闯了进来。

可容纳几百人的报告厅，此刻，台上台下是黑压压的人头。麦克风的喧响，以及天花板上近百台全速运转的吊扇发出的巨大轰鸣，足以让一只麻雀惊慌失措。果然，它像子弹一样，从这边窗下的窄沿上弹出来，穿过密匝匝的旋转的电扇，射向另一头窗下的窄沿。显然，它惊恐极了。

然而，没有人注意到它的闯入。或者，有人注意到了，又很快埋首于自己的事情。一只麻雀，或许，原本就算不得什么。会议仍在继续，麦克风依旧在喧响。人类啊，有时候，内心里所能盛得下的，只有自己。

它，在电扇的阵列中急速穿行着，从一个角落，惊恐地飞向另一个角落。在宽阔的天花板的背景里，比一个标点还要微小的它，显得那么孤单和无助，它的每一次穿行，都透着难以言说的悲怆与凄凉。

若干年前，当我还是一个孩子的时候，捉到一只误闯到家里的麻雀。在我准备给它喂米时，我握住它的身体，感受到了它剧烈的心跳，以及浑身不能克制的战栗。那一刻，我没有接着喂它，我把它放飞了。

一个小生命，在自己的手心里觳觫，是一件多么让人心疼的事情。而现在，这只麻雀，也一定浑身战栗，心跳到不堪承受了吧。你看，它落在窗下窄沿上的姿势，像一小团破旧的棉絮，让人揪心。

多么希望闯进来的是一只蝙蝠啊！这样，它飞经的地方，即便藏有多少不测与危险，也都可以从容地避开。然而，它不是。它只是一只弱小的麻雀，高速转动着的吊扇的巨大叶片，样子是那么狰狞吓人，只需要轻轻一击，这只麻雀，这个弱小的生命，就会像一片落叶一样，从高高的天花板上飘落下来。也许，它的死，会引来一阵惊呼，但只是围观的惊呼，不是怜悯，没有叹息，因为对于一个卑微生命的死，人们向来如此。

多么希望会议能在突然之间毫无预兆地停下来，这样，一同停下来的，还会有电扇的转动，以及麻雀疲倦而惊恐的飞翔。一个弱小而卑微的生命也许会因此得救。在那一刻，我没有勇气站起来，为佑护一个生命，而义正词严地要求一场会议暂停。我承认我的懦弱，以及骨子里深深掩藏着的明哲保身。

它依旧在偌大的天花板上惊恐地飞，一圈，一圈，像颠簸飘摇在惊涛骇浪之中的一片孤帆，随时有被巨浪吞没的危险。它与灾难的距离是如此之近，近得让你攥紧手掌，屏住呼吸，心中惶恐不安。

终于，在又一次呼啸着穿越生命的重重危险之后，略显寥廓的天花板上，便再没有了这只麻雀的身影。也许，最不希望发生的已经变成了可能。为此，我一个人怅惘了许久。是啊，它没有死在蔚蓝的天空，却死在了人类营造的华美陷阱里。

不敢想象它现在身落何处，又是怎样的一种惨烈情形。甚至，在会议之后，我也不敢去寻找它。可以想见，第二天上午，一缕阳光柔和地射进来，那位打扫卫生的婆婆看到它的时候，神色平静地说："哦，一只麻雀，死在了这里。"是啊，一个微小生命的逝去，只会如此无足轻重。

会议终于结束了，电扇在巨大的轰鸣声中逐渐停息了下来。大家蜂拥着往外走，我也紧随其后，出门的一刹那，我略显怅惘地最后扫了一眼整个报告大厅。就在这时候，大厅后墙那个窄小的放映孔里，一个娇小的影子"呼"地一下蹿了出来，利箭一般，刺向天花板，盘旋在空旷而寥廓的报告大厅的上空。

那一刻，我难以掩饰心中的欣喜，我仿佛突然听见了，蔚蓝色的天空里，麻雀的羽管与空气摩擦之后，发出的遥远而绵延不绝的美妙响声。

心灵的爱抚

这是个不大的小镇。

中午的街道上空空的，没有一个人。树叶都打着卷，暗淡而又倦怠地耷拉着。偶尔有一阵风，也极微小极细弱，还没有感觉到，就消逝了。在这样大热的天气，不会有什么顾客上门来买东西，这家店铺的男人也有些困乏，忍不住趴在柜台上打起盹来。

朦胧中，他从一阵窸窸窣窣的声音中惊醒过来。靠门的地方，有一个青年人正向里边漫无目的地张望着。他正要问些什么，年轻人突然又退了出去。他警惕地四下打量了一下自己的铺面，发现并没有缺少什么。他正要趴在柜台上继续打盹的时候，年轻人又探头进来。

"你要买些什么吗？"他不失时机地问。

"我……我……"年轻人支支吾吾半天，也没有说出什么来。他觉得事情有些蹊跷，仔细打量这个年轻人，除了满身的疲惫和蓬乱的头发外，穿戴还算整齐。

然而最显眼的，是他背后的那把古琴，颜色红红的，像一簇火焰在燃烧。

"你到底有什么事？"这次问的时候，他故意让自己的语气显得有耐心些。

"我……我是个学生。要参加来年的高考，考试之前，我想去市里的师范学校找个老师辅导辅导……"男人很机敏，一下子就听出年轻人的意思："那你是问路，问去市里的路吧。"

"不，不，我不是。"年轻人显得有些局促不安，"我家里过得很不好，父亲老早就去世了，母亲供我已经很吃力了，我想，我想为您弹一段琴……"说这段话，年轻人似乎用尽了自己所有的力气和勇气。

男人这才听出了年轻人的意思，刚要说什么，突然帘子被撩起，从里屋走出一个睡眼惺忪的女人。"出去，出去，你们这号人我们见得多了。说白了，你们就是想要几个钱。我们这儿每天都有讨吃要饭的，编个谎话，就想骗钱，没门儿。"女人嘴快，说话像连珠炮，年轻人变得更加局促起来，眼神中显露出遮掩不住的慌乱。

男人似乎没有听女人的，说："孩子，坐下来，弹一曲吧。"他把自己坐的凳子拿过来，轻轻地放下，然后便静静地站立在一边，极欣赏而又极专注地看着年轻人。乐声响起的时候，偌大的店铺里，顿时像有清泉流淌起来一般，汩汩滔滔；又似一阵清风，在淡淡幽幽地吹拂，时而舒缓，时而低沉，时而绵长，营造出一种高雅而曼妙的意境。

一曲终了的时候，男人似乎被这乐声打动了。就在他缓步走向那个放着营业款的抽屉的时候，女人紧走几步过来，伏下身子，一把按在抽屉上，便又开始数落起来。几句过后，男人有些不耐烦了，说：

"我不相信他是个骗子，至少，他的琴声是纯洁的——"

几年后，一位在音乐上颇有造诣的老师，在大学课堂上为学生讲起了这个故事。他说："当时，我在进那家店铺之前，已经去过好多家，但无一例外，都被人家轰了出来，冷眼、嘲笑，甚至是谩骂，几乎使我丧失了继续找下去的勇气。人在这个时候，往往容易走极端。其实，不瞒大家……那个中午，我看到店铺里的那个男人睡着了，我的心里陡然升起了一种从未有过的邪念——我想偷一笔钱，甚至我当时想，即便在这里不成功，我也要在下一个地方得到它。然而那个男人平和地接纳了我，他给了我钱，更重要的是，他的那句'至少，他的琴声是纯洁的'，像一道耀眼的光芒，在我阴暗的心底闪亮起来。这是一个善良生命发出的宽容的光芒，也是厚重的爱的霞光，映照在我的心灵深处，荡涤着我内心的尘垢。也就是这样一句铭心刻骨的话，把我从那个危险的边缘拉了回来。"

"是的，"他说，"一颗深陷于危难之中的心灵本已脆弱，这时候，善良就是一双温暖的大手，而宽容和肯定就是天底下最和蔼最慈祥的姿势，很容易把即将跌倒的生命拉起来。因为没有一个灵魂甘愿蒙尘，也没有一个生命自甘堕落。"

"所以，"他顿了顿说，"**当在困境或苦难中的人们向我们伸出求援之手的时候，我们不要忘掉人性原本的光辉。而在这人性的光辉中，宽容和肯定，就是对寒冷而疲惫的心灵最温暖、最具尊严的爱抚。**"

人性的芬芳

数星期前，我听闻一个消息，一个信奉印度教的家庭已数天没有吃东西了，于是，我拿了一些米，跑到他们家中。在我还没有弄清楚究竟时，那家庭中的母亲已把米分成两份，将其中一份送给那信奉伊斯兰教的邻居。接着，我问她："你们一家每人可以吃到多少呢？我给你们的米粮只有那么一点，而你们却共有十个成员，你们如何够吃呢？"那母亲这样回答："他们也没有东西吃。"

在墨尔本，我曾探访一个从没有人关心过的老人——甚至，没有人在乎他的死活。我进入他的房间时，觉得那简直是一团糟，就想为他清理一下，但他却不断地说："我很好，你用不着操心。"我不发一言，后来，他终于同意我为他打扫房间。

我在他的房间里，发现了一盏漂亮的灯，上面布满多年的尘埃，我问他："你为什么不点燃这灯呢？"他回答说："为了谁呢？这许多年来，从没有人到我这里来探望我，我根本不需要它。"我问他："假若一位修女来看你，你会不会为她点燃这灯呢？"他说："会，一定会，只要我听到一点人的声音，我就会点起这灯。"过了几天，他托人带给我一个消息说："请转告我的朋友，她在我生命中燃起的灯，会继续照亮在我心中。"

有一次，我在街上找到一个六七岁的小女孩，然后把她带回施舒柏瓦，我给她洗了一个澡，并给她衣服及好的食物。当晚，这孩子跑掉了。

我把她寻回，但她又逃跑了。

她这样逃跑三次后，我便派一位修女跟着她，看她往哪里去。修女在一株树下找到她，她和她的母亲、姊妹坐在一起。那里有些食物；她的母亲正用她在街上捡来的食物做饭。

直到那时，我们才明白她逃跑的原因。她的母亲爱她，而她又非常爱她的母亲。她们在对方的眼中都是美的。

那女孩说："我的家！"——那里就是她的家。

她的母亲是她的家……

这是获得 1979 年诺贝尔和平奖的特蕾莎修女在印度的加尔各答和澳大利亚墨尔本布恩施爱时所遇到的一些事情。细细咀嚼过后，我们不由得感受到，再简单的生命宴席，也会因爱而倍感丰盛。

当爱像明媚的阳光一样照彻寒冷的心房时，我们会发现，爱的本身就是一阵震颤的弦音，一种花香的弥散，持久，热烈，而又延己及人，从一双手到另一双手，从一个人到另一个人。这是从施爱者灵魂深处飘散出来的温暖，它苏醒着精神世界中一行疲惫的足迹，一颗受了冷漠的心灵。得了爱的人会在自己的心田擦亮火柴般的另一些温暖，去照耀另一颗心，尽管有时是那么微弱。

但，这已经足够了，当人的灵魂被爱浇灌之后，它所飘逸出来的，只会是人性的芬芳。

只因更在乎

十五岁那年，他参加了全市组织的乒乓球比赛。因为是周末，那天，不大的体育馆座无虚席。

然而，他发挥得并不好。许多很有把握的球，他都没有打好。比赛结束后，观众散去了，其他队员也散去了，只有他坐在长凳上黯然神伤。他开始怀疑，自己是不是本无打球的天分，却错走到了这条路上。

他不知道一个人在体育馆呆坐了多长时间。他觉得有些饿了，开始收拾东西准备回去，就在这个时候，他一回头，看到不远的看台上，还有一个人在静静地坐着。他抬头的一刹那，正好与她的微笑相对。

是妈妈。

他疯一样跑上看台，一头扑进妈妈的怀里，放声大哭。他一边哭，一边大声责问妈妈，为什么近在咫尺却不管他。

妈妈笑了，抚摸着他的头说："儿子啊，人生最难的路需要自己去走，妈妈不能帮你。"

他接着反问妈妈："那你为什么不和其他观众一起走，还要留在这里？"

妈妈说："孩子，无论你多难，妈妈都会站在你的身后，永远地看着你……"

第二年，还是在这个体育馆，他战胜了对手，也战胜了自己，取得了第一名。后来，他取得了许多不同级别的乒乓球比赛冠军，成就了自己不凡的人生。

他的成功，引起了不少人的兴趣。有一个记者采访他，问他取得人生辉煌的原因，他说："我能有现在，就是因为这些年来我的妈妈一直站在我的身后，不计成败地关注着我。她的眼神温和、慈祥，充满着鼓励、信任、欣赏和期待，让我在挫折来临的时候不气馁，取得成绩的时候不自傲，踏踏实实地走好每一步，就这样……"

记者不解，反问道："天底下每一个子女的身后，都有着母亲温暖的关注。有的人甚至远在异域他乡，依旧被母亲牵挂着，可为什么却不能取得像你一样的成功呢?"

　　他的回答很简单:"那是因为我比别人更在乎我的妈妈。"

　　是啊,一个人,只有懂得珍惜别人给予的爱,在乎别人给予的爱,才会让爱生出不绝的力量,从而引领自己创造出人生的一个又一个奇迹。

我是如此爱你

儿子，昨天中午你回来后，一进门便满脸沮丧。问原委，你嗫嚅着不说。后来才知道，期中考试成绩出来了，你考得不理想，语文仅考了 74 分。

说出这个分数的一刹那，你哭了。整个中午，你连饭都没有吃，趴在床上抽泣不止。妈妈开始还笑着劝慰你，后来便也跟着你眼泪一把鼻涕一把地哭了起来。

儿子，你才刚刚读小学三年级，不要太在意考试成绩，也没必要为这样一次小小的失败而伤心。爸爸小的时候，有一次考试也坐了红椅子（倒数的位置），被贴在了班里的后墙上。爸爸惴惴不安地把这件事告诉了你爷爷，没想到，你爷爷轻描淡写，说："坐红椅子怎么啦，没啥丢人的。沉住点气，没什么。"

孩子，生活有点像坐在帘幕后边的那个神秘的巫婆，她不可能总给予我们成功和快乐。当失败降临的时候，要平静地面对它，接受它，就像你爷爷说的：

沉住点气，没什么。

无论你的成绩多么糟糕，只要你对爸爸说"爸爸，我用心了"，爸爸都会欣慰的。

是的，爸爸不会拿你和别人家的孩子去比较，现在不，将来不，永远都不。你是一个独立的生命个体，你在爸爸妈妈的心目中，永远是最美的。爸爸不会为你落在别的同学后边而心里不平衡，也不需要以你的优秀，作为和别人炫耀的资本。你把该读的书读懂了读通了就可以了，然后顺着你的兴致，喜欢一点其他的东西。爸爸不会强制你去上美术班或者声乐班，不会强求你必须学什么，但是爸爸希望你能喜欢艺术，或者其他一些让你感兴趣的东西，因为，人的一生如果没有让自己感兴趣的东西，将会十分遗憾。

那一次，"神六"上天，爸爸心情激动，朝你说："儿子，爸爸希望你也能当航天员。"你知道吗，爸爸说完之后就后悔了。记得有一次，我们问过你将来想干什么。你看了看我们，有些腼腆地说："就想和你们一样。"你的意思是将来也像我们一样，当一名老师。爸爸尊重你做出的所有的选择。我不想为你的人生画出我想要的轨迹。那是属于你的人生，路你自己走，轨迹也要你自己去画。

至于将来，爸爸并不想要你做出多么伟大的事情。一个人，成就自己的方式很多，轰轰烈烈的那种，爸爸并不喜欢。当然了，有的人活了一辈子，连光亮都未曾一闪，就又悄无声息地离开了这个世界，爸爸也不希望你活得这么平庸。只要将来，你能够自食其力，并能够竭尽所能为国家尽一点绵薄之力，让周围的人感觉到你不可缺少，你就已经活出了属于自己的价值。

今天，爸爸下班回家，家属楼的楼下，不知道是谁，把落在便道上的秋叶拢在一起，点着了，旁边有几个小孩，围着这冒着青烟的火堆嬉戏。爸爸发现，这欢乐的群体中没有你，就赶紧蹬了几下，锁了自行车，上了楼。果然，你伏在桌子上，正在做作业。于是，爸爸一把拉起你，跑下楼去，和你一同加入这欢乐的群体中。

孩子，童年的欢乐，可以享用一生。我不想你因为作业的几道题，而错过你人生中最美的篇章。是的，人生当中好多东西都可以舍弃，但童年的欢乐错过了，便永远不会再有了。现在，你应该知道，每到寒暑假，爸爸把你放到外婆家的缘由了吧。爸爸希望你能在乡下，尽情地玩，尽情地乐。蚂蚁的走动，燕子的飞翔，石头下的童话，草绳里的秘密，雪地里的声响，每一片晚霞，每一缕晨曦，都要在你的头脑中留下刻骨铭心的印象。爸爸希望你能有一个快乐的童年，然后用童年的快乐陶冶出的心性，影响你，感染你，让你一辈子都学会快乐。这是爸爸对你终极的期望。

因为你这次考试之后的不悦，爸爸啰里啰唆地说了这么多，是希望你明白，爸爸是多么爱你，真的，我亲爱的儿子。

永远心怀感恩

感恩不是一件华丽的衫子，单单用来吸引别人的目光。它是草际间流转的一抹青翠，是鹅卵石间隙处荡漾的一汪澄澈，是朝暾初出时林间氤氲的清新，是生命底色中沉积的真的流露，是血脉中流淌的善的迸发，是灵魂中贮藏的美的呈现。

在人类的精神天空中，感恩不是飘忽而逝的云彩，而是云彩背后一片洁净的湛蓝。感恩在人类精神的坐标中，不是偶然，而是永恒。感恩的行为是自然的，它是一种无意识，像须臾不停的呼吸，伴随在生命的韵律之间。人类的美是以爱来呈现的，而感恩之心，是人类心田中最美的种子，它发芽之后，开出爱之花，结出爱之果。从这个意义上讲，懂得感恩的人，一定在心中藏有大爱，并以此关照人，抚慰人，呵护人，爱人。

懂得感恩的心灵，是存在于这个世界的最美的心灵。懂得感恩的生命，是行走在这个世界上的最值得敬重的生命。

我常想，在天地之间，在我们可及或不可及的视野里，一些人类自身无法忖度的生命或物质，是不是彼此也怀着感恩之心呢？譬如一朵花，不仅开出自身的美艳，还要播散出一地的幽香与芬芳来，是不是花朵对滋养它的大地，对抚慰它的草木，对清风，对暖日的感恩呢？

再譬如，一片秋叶旋舞成蝶，是不是怀着对春天的感恩而翩然飘落？一棵大树浓荫如盖，是不是怀着对一方水土的感恩而蔽日遮天？翔动的鱼群中，有没有怀着对溪流的感恩而始终满含着泪水的一尾？飞舞的蜜蜂中，有没有怀着对蕊间蜜的感恩而迟迟不肯离去的一只？湖面上一圈荡开的涟漪，草叶上一颗笃定的露珠，飞来的鸟，奔去的蚂蚁，自然中一切的安定与躁动，平静与喧嚣，它与它们的周围，是不是都在传递着人类看不见的感恩？我宁愿相信，天地之间一切的美与和谐，都依靠感恩这种美德的流转而维系，都依靠感恩这种情感传递而呈现，虽然有时候，它们在暗处进行，我们看不见；虽然有时候，它们表达的方式含蓄，我们读不懂。

心怀感恩的人，所触到的，是人世的暖；所感知到的，是人世的美。

有一位老人，在那个特殊的年代，曾被打成反动学术权威，差一点被批斗致死。有一天，我去拜会他，谈到了他人生的这一段。我以为他会向我倾吐内心的凄苦与悲凉。然而，出乎意料的是，他和我说，他很感恩于那一段岁月。因为那一段岁月，让他认识了两个人，而这两个人的出现，让他获得了活下来的勇气。其中的一个是位妇女，在他快要饿死的时候，悄悄塞给他两个馒头。而另一个，是他们单位的门卫，当造反派要来批斗他的时候，这个门卫冒死把已经奄奄一息的他藏在一间废弃的屋子里，让他躲过一劫。

老人说这些话的时候，神态安详，面容平静，骨子里升腾着暖意。他的态度，给了我深深的震撼。看来，即便是遭遇多舛的命途，即便是遭逢不济的时运，只要拥有一颗感恩的心，一个人触摸到的，只会是生活的暖意，感受到的，只会是岁月的静好。

一个生命个体，不可能孤立地活在这个世界上。在漫长的人生旅途中，可能会不断地得到别人的扶持、帮助、呵护以及关爱。所以懂得感恩的人，总是觉得自己幸运地得到了这个世界的许多恩赐，而沐浴在这不尽的恩赐中，生命自然也就会体味到甜美与幸福。

感恩两个字，是因感知而感激，但我情愿再拆解出一个报恩的意思来。也就是说，当我们在感激之后，还能因此生出爱，去爱别人，去关怀别人，从而再赢得别人的感恩。如果那样的话，环环相扣的感恩所连接的，就是生生不息的爱，而被爱萦绕的世界，将会是一个多么温暖多么美妙的世界！

我们活在这个世界上，应该懂得感恩于自己的祖国，感恩于佑护自己的社会，感恩于让自己茁壮成长的阳光、空气以及大地、河流、庄稼，感恩于扶持过自己的朋友，感恩于教诲过自己的师长，感恩于曾经给予过自己帮助的所有人。如果这一切，都未曾触动过你的内心，那么，你至少要感恩于生你养你的父母。这，已经是我们活在这个世界上的底线。

一个人，可以通过好多种方式在这个世界上留下痕迹，也可以有好多种办法给生活留下属于自己的馨香。我想，**一个懂得感恩的人，会在心田里生发出香气，然后弥散到举手投足之间，进而浸润到人生的每一个足迹之中。**那种灵魂的香味，会贯穿生命的始终。

与你一起走过

那天下午，从海滨浴场回来，在宾馆的水池边，我正在专心冲洗脚上的泥沙，一个声音传过来："咦，老师，你在这里？！"

我一愣。靠近宾馆大堂的门口，一个衣着得体的小伙子，正惊异地往我这边瞅着。小伙子看起来十分面熟，是他？不可能，我很快否定了自己。毕竟，这个海滨城市，人生地不熟的，迟疑了一下，我没敢叫出他的名字。

小伙子走过来，又仔细端详了我一番，颇为坚定地说："老师，你不认识我了？""你，小金？"我有些喜出望外。小伙子使劲点点头，说："是，我是小金。"

一晃，我们不见面，已经好多年了。

记得，小金升入高三那年秋天的一个晚上，下晚自习的时候，他从黑压压的人群中钻过来，匆匆地把一个日记本塞给了我。说："老师，你看看。"那晚，我翻完他的日记后，一宿没有睡着觉。他的日记里，多次提及自杀，有些文字让人毛骨悚然。比如，他细致地写到一个人从楼上跳下去的心理感受，以及这个人消失后，人们从他空空的座位走过时，会想些什么，说些什么，等等。总之，那一晚，我彻夜未眠。我不知道这些，是小金从书上抄下来的，还是他自己写的，但有一点是肯定的，他的心理出问题了。

我没敢和其他任何人提及这件事，我怕这样，会对小金不好。也许，脆弱的他，心灵已经承受不住哪怕是一片雪花的重量。

一个阳光灿烂的上午，我在学校的花园里约见了小金。我说："你的日记我看了，在你这个年龄段上，谁都会经历一些伤痛和挫折。"我故作轻松，尽量轻描淡写。小金站在梧桐树下，脸沉沉的，一言不发。"不过，无论你心里有多苦的痛，现在正在经历多痛的苦，作为老师，我都愿意与你一起走过。因为，你把日记本交给我的那一天，就把一份沉甸甸的信任交给了我。无论多难走的路，我都愿意陪伴你，与你一起走过。"

整整一个上午，小金都一言不发。不过，他临走的时候，留下了一句话，说："老师，我还会找你的。"

以后的日子里，小金多次找到我。可怜的孩子，在与他的交流中，我发现，他所有的心理问题都来源于学习的压力。然而，心理疾患的出现，让他的成绩，愈加难见起色。这是一个可以杀掉人的恶性循环。那段日子，我都很担心，小金会坚持不下去。

不过，每次他来找我，我都会耐心地听他诉说一切。临了，我总这样劝慰他："小金，老师知道你心里的苦，不管怎么样，我都愿意与你一起走过。"

就这样，在惴惴不安中，艰难地挨到了高考。果然，小金的高考成绩并不理想。我只知道他去了一所"三本"的学校，以后，就再没有了他的任何消息。

没想到，今天，我们在这座美丽的海滨城市相遇了。我说，我是来参加一家杂志社在这里举办的笔会的。小金说，他就在这家宾馆工作。师生他乡相见，分外喜悦。我们俩在宾馆的房间里，畅谈了一个下午。我才知道，小金在大学里学的就是酒店管理，大学毕业后，就来到了这家宾馆工作，而且，现在的职位是大堂经理。

小金显得很激动，说："老师，你和杂志社打一个招呼，晚饭咱们一起吃吧，届时，我将给你一个惊喜。"

晚餐是在当地的一家雅致的酒馆进行的。一起去的，还有小金的一些朋友。菜肴点好之后，其他人都屏住了呼吸，小金说了一声："你该出来了。"只见，屏风后面，一个女孩走了出来，她走到我面前，深情地朝我说了一声："老师，你好。"

这是唱的哪一出？我有些傻眼了。小金和其他人都笑了。小金站起来，介绍说："老师，她是我的恋人，腊月的时候，我们结婚。"说完，小金拉起女孩的手，女孩笑靥如花。旁边的朋友等不得了，说："小金，赶紧讲讲你们的故事吧。"

原来，女孩也不是本地人。两年前的夏天，在海边，小金发现了这个神情恍惚的女孩。经过接触了解到，女孩的父母离异之后，各奔东西，撇下了她，让她有了轻生的念头。或许是因为曾经同病相怜，小金决定帮助这个女孩。在他的帮助下，女孩非但放弃了轻生，而且，最后成了他的恋人。

"老师，你知道吗，她当时绝望至极，什么话也听不进去。不过，我用一个绝招打动了她，也赢得了她。"

"什么？绝招？"我有些纳闷。

"是。"小金肯定地点了点头，说，"而且，这个绝招还是你教给我的呢。我高三的那一年，就是靠着这个，走过了那段艰难的岁月。"

"——无论多难走的路，我都愿意陪伴你，与你一起走过。"小金再提到这句话的时候，眼里闪烁着泪花。"老师，你知道吗，在绝望边缘徘徊的人，是最孤独的。是你，是这句话，把我从那个看不见的深渊拉了回来。因为，这句话让我那颗孤苦无依的心，有了最坚实、最温暖的依靠。"

"老师，我和恋人的故事，就是今天晚上我给你的惊喜。因为你曾经给予我的，我给予了她。温暖经过传递以后，是更大的温暖；爱经过传递之后，是更广阔的爱。这个世界，不知道有多少人，因为温暖和爱，而改变了命运，改变了人生。这些年，我一直没有对你的帮助表达过什么，今天，我想，今天的我，以及她，就是对老师曾经施予我的一切，最好的报答与感恩。"

那一晚，我醉了。醉得一塌糊涂，醉得深沉而幸福。

只需一颗悲悯心

经常来我们小区清洗油烟机的，是一个长相周正的山东小伙子。他油烟机洗得干净，干活很利索，从来不在地面上留下任何油腻的痕迹。所以，这个小区里，谁家有需要，首先想到的，就是给他打电话。只是，这个小伙子寡言少语的，不爱跟人说话，常常闷着头来，再闷着头去，一句多余的话也没有。

大家都觉得他的性格挺怪的。

家里的油烟机已经好长时间没洗了，那天，我照着墙上的小广告一个电话打过去，小伙子便急匆匆赶了过来。我们俩把油烟机从楼上抬下来后，他便一如既往地闷着头干起活来，我呢，在旁边有一搭无一搭地翻一本杂志。

正做着，他口袋里的手机突然响起来。满手油腻的他，一时不知如何是好。我凑过去，说："来，我帮你。"说完，从他的口袋里掏出手机，接通后，贴到他的耳边。是老乡来的电话，他叽里呱啦的，一直说了好半天。

他半蹲着，为他捧着手机的我，也半蹲着——我们的距离是如此之近，他身上散发出的浓烈的油腻与汗水混杂的味道，呛得我喘不过气来。

末了，我把手机重新放回到他的口袋里。然后，他接着默默地做，我呢，仍旧在旁边无聊地翻那本杂志。

过了一会儿，他转过身来，朝我笑笑，说："谢谢你啊。"

我一愣，颇有些意外。

他顿了一下，再笑笑，极认真地说："你为我接（拿）手机，呵呵，你和别人不一样，真的，你挺好的。"

或许，我刚才的那个举动，赢得了他的信任。一直沉默寡言的他，开始与我攀谈起来。他说，他在这座小城干了四五年活了，伺候过好多人，也见识了许多事，人生的酸甜苦辣，他都品尝过。

"好多人都嫌我们脏呢，不愿意接近我们。你刚才帮我接电话时的样子，真亲切，就像我的一个大哥。"说完，他咧嘴，又是一笑。

我也笑了。看来，我刚才的举动，的确给了他不少的好感。

"人和人是不一样的。去年冬天，数九的那几天，我给你们小区里的一家洗油烟机，"他打开话匣子，开始讲关于他的故事，"那天，天气特别冷，冻得我手指僵直。实在坚持不住的时候，我把摊子移到了一层的楼道里。果然，背风的楼道里，暖和多了。我生怕弄脏了楼道，清洗油烟机的时候，格外地小心。"

"就在那台油烟机快洗完的时候，底层的一户人家门开了，从里边走出来一个汉子，长得凶神恶煞的，他见我在楼道里干活，脸一沉，厉声地呵斥起来，要我赶快搬到楼外去，说这样弄脏了他们的楼道，而且，会有油腻味钻到他家里。"

"我央求说，大哥，外边冷，这台油烟机很快洗完了，洗完后，我马上走。哪知道，他容不得我解释，骂骂咧咧，要我赶紧滚出去。我没办法，又一点一点把摊子拾掇到了楼外。外边，北风呼啸着，像刀子一样，但那一天，真正割在我心上的，却是那汉子一句句让人心寒的话。"

"说实在的，我一边往外搬，心里一边流泪啊。"说到这儿，小伙子禁不住唏嘘起来。

"不过，我也遇到过不少好心人。"小伙子很快控制住了自己的情绪，"也是去年冬天，我在民政局大院干活，那天的天也很冷，我正冻得哆哆嗦嗦的时候，一个看门的老师傅看到了我，他问我冷不冷，冷就到屋子里边来干。我连忙说，不冷不冷。人家越是施好心，咱越要客气些才行。其实，多暖的屋子，也只能让身体暖一会儿，而一句善良的话，一颗怜悯的心，却可以让人抵御寒风啊。"

那天下午，小伙子和我说了好多话，也为我讲了许多自己的故事。我发现，他并不是一个不爱说话的人，也许，是少了悲悯的人心，丧失了人情味的世道，让他学会了噤声不语；是冷言冷眼冷遇，让他那扇原本该敞开给这个世界的心门，黯然关上。

活在底层的人们，他们所需要的，真的不多。也许，一颗悲悯的心，对于他们来说，就是高悬在寒冷尘世的一轮暖阳。即便是这样遥远而微薄的温暖，沐浴在其中的他们，感受到的，却是这个善良的世界对卑微生命全部的理解和尊重。

赐予善念的奖赏

父亲十九岁的那年冬天，一个冷风呼啸的晚上。

夜已经很深了，父亲一个人蜷缩在被窝里，就着昏暗的煤油灯光，正在看《三侠五义》，这时候，听见有人"啪啪啪"地敲门。

听声音，好像很急的样子。父亲以为是邻居，就胡乱地问了一声，没有回答。父亲又问了一声"谁呀"，门外还是没有声音。父亲觉得有些蹊跷，打开门一看，就吓傻了，刚才敲门的人，已经躺在了家门口，不能动弹了。

那年冬天，家里边只剩下父亲一个人看家。爷爷、奶奶还有姑姑，都去后草地串亲戚去了。凭感觉，父亲推测，这应该是一个过路人。父亲当时想，如果不让这个人进来的话，这一个晚上，无论他跌跌撞撞地倒在哪里，都有冻死的可能。然而，如果让他进来，这个人倘若有个三长两短，父亲肯定会受连累，而且这个人到底是什么来由，接下来会发生什么，真是谁也说不清楚。

　　然而，父亲还是把那个人抱到了炕上。那个人随身带着的，还有些箍碗、箍瓢盆的工具。父亲这才知道他是一个箍匠，我们当地管这类艺人叫钉盘碗的。父亲把家里的几条棉被子尽数给他盖在身上，或者围在他的身体周围，然后父亲便坐在灶火膛前，为这个人熬起粥来。

　　炕上的人逐渐苏醒了过来，喝过父亲熬的粥后，精神也好了许多。看上去，他好像五十多岁的样子，留着络腮胡子。他说，他本来要在今天晚上赶到小坝子的车马店的，结果被一道河水困住耽误了赶路，摸黑进了我们村，然后又冲着灯光，找到了父亲这里。父亲从他憨厚的话语中，知道他不是坏人，一颗警惕的心放松了下来。父亲说，太晚了，先睡觉，睡好了明天好赶路。结果，这个钉盘碗的说什么也不肯睡觉，他把父亲家里有裂痕的盘盘碗碗全找了出来，就着煤油灯开始箍钉起来。起初，父亲还一边看书一边陪着他，后来，父亲实在瞌睡得不行，便昏昏沉沉地睡着了。

　　父亲再醒的时候，是在钉盘碗的尖叫中惊醒的。父亲爬起来一看，外边火光冲天，钉盘碗的满脸惶恐，不断地重复着："快，外边着火了！快，外边着火了！"父亲胡乱披了些衣服就冲出了家门，只见外面火借风势，火苗蹿得很高，并且迅速蔓延着。我们在临街的墙外边，成堆成堆地堆放着秋天地里拉回来的庄稼秸秆。火要是这样着下去，后果不堪设想。父亲叫醒了左邻右舍，大家有的挑水，有的扬土，有的搬开即将被烧着的柴火。人多力量大，火势渐渐小了下来，直至最后被扑灭。

后来发现，火是从春明家烧起的。春明的父亲说，本来他家的牛要下牛犊，他在牛圈里放了马灯，后来他去睡觉了，后来马灯大概是被牛碰翻了才引起了大火。

第二天上午，那个钉盘碗的就上路了。听父亲说，后来他曾经又来过我们村一两次。再以后，就没有他的消息了。

父亲总是给我们讲起这个故事，从我们懂事起就给我们讲，一直讲到他老迈。他不无感慨地说，如果那天晚上不收留那个钉盘碗的人的话，一村子的人都沉在睡梦中，那火烧起来，烧成什么样，谁能知道呢。看来，这人啊，有时候也不知道哪双手要把你从水中拉上来，也不知道谁的吆喝要把你从火海中喊醒。

我逐渐理解了父亲的感慨。如果在你的人生中也遇到过帮扶你的一双手，听到过救命的一声吆喝，你并因此受惠的话，要明白，那不是你的幸运，也不是上天降临的恩赐，那是生活对你的感恩——是细心的生活，对你曾经萌动过的善念，以及曾经施过爱的心灵，给予的回报和奖赏。

借你依偎的肩膀

好像好多次了，我都收到来自山西某镇煤矿的信件。

我不知道写信人是谁，因为他给我的信从来不留下姓名。我也不知道他为什么给我写信，因为在他的信中除了谈煤矿的生活，很少涉及我。然而可以推测到的是，他该是我的一个读者朋友，因为他在信中提到去镇上唯一的书报亭买杂志的细节。或许，他在某本杂志上看到了我的文章，并在文章后得到了我的地址，于是就有了他的来信。

那该是一个不大的煤矿，井下的条件并不好，也处处充满着危险。他经常提到巷道深处的寂寞和黑暗，冰冷的石头以及并不温暖的煤炭。冬天的时候，常常是在井下干得浑身湿透，然后一出井口，衣服便硬挺挺地附着在身上，再下井的时候，还是这身衣服，再冰凉凉地穿着下到井下去。生活是艰苦的，然而更贫乏的是精神生活。从初中毕业辍学打工后，他一直保持着看书的习惯，仅有的几本书几乎都翻烂了。矿工们常常聚在一起胡侃一些荤段子，他不愿听，就独自一个人坐在工棚后边的山梁上，望着对面的大山发愣，一坐就是半天。

　　我很想写信安慰安慰他。那年高考落榜，我曾经在大同打过一段时间的工，我知道一个读书人在那种境地的落寞、无助和内心的荒凉。然而，我不知道该怎样劝慰他，因为他没有留下姓名，连着几封信都没有。即使他粗心的话，也不至于这么马虎啊。难道他只是需要这样一个单程的倾诉，把内心的一切郁闷、烦扰、落寞全部写出来，交给我看？或者，他只是把自己的内心交给一棵树，一块石头，一朵飘逝的云彩，一阵淡然的风，然后以信的形式寄出去，寄给树，寄给石头，寄给云彩，寄给风，而我，只是一个辗转者？

　　可我还是想写封信给他。因为在这样的一个年龄段上，在人生最重要的路口上，需要有人帮他一把，否则他会少了奋进的勇气，极有可能被生活磨掉了锐气，像他周围的人一样，最终落入平庸的境地。有一次，我试着拨打了他所在地区的114台，查那家煤矿的电话，接线员没有回答是否有，接着有一个电脑语音响起，给了我一个电话号码。我顺着电话号码拨过去，便有一个操着浓重乡音的人拿起电话，我稀里糊涂地说了半天要找的人，事实上我根本说不清楚，他似乎也没有听清楚，嘟囔了一句，就"啪"的一声，把电话给挂了。

　　这唯一的希望也断了。

后来，好长的一段时间，也没有他的信。我以为我们的缘分就此结束了，我想他也许流落到另一个不知名的地方去了，也许正应了我的某种预料，他被浑浊的生活完全吞没，连写信的心思也没了。然而，一个月后，我又收到了他的信件。他在信中说，这一段时间，他和领班的闹了意见，差一点打了架，矿上说不想要他了，周围的矿工也嫌他不合群。他说："矿上不收留我，我收留我；谁都不要我的时候，我也要我。他还在信中谈道：有一次矿上接到了一个河北的长途电话，说要找一个写信的年轻人，我没告诉他们写信的人就是我。但是我猜想那个打电话的人该是你，我也希望是你。你知道吗，那一天，我很激动。其实，我一直没有太高的奢望，我只是希望你收到信的时候，认真读就是了，我很希望能有一个像你一样的哥哥，给你写信。在我孤单的时候，想象着依偎在你的肩膀旁边，然后，静静地让你，听着一个头发蓬乱的弟弟，一点一点地诉说遭遇。"

——哦，亲爱的弟弟。这一封信，你才让我彻底地弄清了事情的原委。让我高兴的是，你并不缺乏坚强，你说谁都不要你的时候，你也要你。这让我很放心，我也希望天底下所有像你一样在困难中挣扎的人，都有着这样一份坚强。这一封信，你让我明白了，静静地去倾听别人的诉说，有时候也能给孤单无依的人以依偎的肩膀，我才知道了，有一种帮助，其实需要的并不多。

对于一个陌生人来说，即使再小的接受和承担，实际上都是无形的帮助。即便只是默默地亮出你的肩膀，一个活在尊严中的人，就得到了最好的依靠。

爱是这个世界的温度

看过一部反映二战的美国影片《冰雪勇士》，电影的开头有这样一个场面：

一阵骚乱之后，德军开始疯狂屠杀俘虏来的美国士兵，一些美国士兵趁乱四散逃窜。两个纳粹士兵追至丛林中，其中一个举起枪，瞄准了一个正在逃跑的俘虏，然而，他迟迟没有开枪。同伴催促他赶紧射击，这个纳粹士兵又瞄了很长一段时间，但始终没有扣响扳机，直到那个美国俘虏消失在丛林深处。

好像就是这个纳粹士兵，曾经对美国战俘挨个搜身，以期在他们身上搜寻到自己能用的东西。他在一个美国战俘身上，搜查出一个日记本，这个本子的扉页里，夹着一张女人的照片。美国战俘说，那是他的妻子。纳粹士兵仔细端详了一下说，不错，很漂亮！然后，便把本子和照片又一起还给了战俘。而这个战俘，恰好就是刚才在他的枪管下，被他放走的那一个。

我想，一定是那张照片、那个女人，以及那个爱着妻子的战俘，阳光一样触动了这个纳粹士兵的内心，让他在那一刻用情感战胜了理性，用美战胜了丑，用爱战胜了邪恶。善行，在人类这场血腥的战争中，在人性扭曲的废墟上，绽放出一朵散发着人性芬芳的爱之花。

《艺术人生》有一期的嘉宾是韩美林。在这期节目中，最让我难以忘怀的是韩美林的一位小学同学。20世纪六七十年代，被打成"反革命"的韩美林正处在人生最困难的时期。祸不单行，有一次，在办板报的时候，他的腿摔成了粉碎性骨折。举目无亲的他，只好求助在济南的小学同学。当时，他的这位同学一家人挤在不足十八平方米的屋子里，然而，这位同学以一个男人的胸怀毫不犹豫地做出了决定——把韩美林接到家里。一家人除了悉心照料，还倾其所有，为他疗好了伤。在那样的一种社会环境下，在韩美林人生最落魄的时刻，他的这位同学所做的，远远地超出了普通同学之间的情谊。这是一个生命超越了世俗利益链条上的自私与狭隘，对另一个生命发自心底的呵护与爱。

爱，是这个世界的温度。因为有爱，我们才会感知到人世间的友善和温暖；因为有爱，我们才会安享到屋檐下的温馨和幸福；因为有爱，我们才会触摸到超越生命的崇高和良知。岁月长河中，没有什么能比爱更震撼人心；在对人的影响和帮助上，没有什么能比爱更深刻有力。

爱，是这个世界的温度。有爱在，这个世界才不会寒冷；有爱在，人们心中才会春天永驻。

我愿为你收藏一粒盐

那天上午，是两节作文课。

留下作文题目后，学生们一改往日的慵懒，蹙眉凝思，很快进入构思状态——班里静悄悄的，马上就要高考了，他们似乎一下子懂得了珍惜时间。

窗外，冬天已经过去。垂柳虽在枯黄的枝柯间爆出了星点的绿，但风仍格外大，春寒料峭，让人难以抵挡。教室正对着的，是学校阅览室。我见阅览室的辅导员老师胖胖的人影一晃，将一块小黑板立在了学校的公示栏前。黑板上写着些什么呢？我信步走出教室，去看个究竟。

原来是一个通告批评，寥寥数语。大意是说一个同学在昨天阅览的时候，把一本《散文》杂志私自"拿"出阅览室，被当场"抓"住，希望引起其他同学的注意，不要再做出这样令人不齿的行为。而被批评的学生，竟是我自己班上的学生。我的心头一热，几乎想都没想，径直走进了阅览室。

辅导员正低头整理着报纸，头顶上，一圈新长出的白发，在周边染过的黑发簇拥下，显得格外醒目。他见我神情异样，便问我有什么事。我便直截了当，向辅导员说明了来意。我说：
"被通报的学生是我们班上的，希望您赶在学生们下课
之前，把这块黑板撤了。"现在想来，我当时的语气一
定很生硬，生硬得像一个居高临下的命令。辅导员的
脸腾一下红了，他生气了，说："这是我的职责，用不
着你来指手画脚。"那一刻，两个人剑拔弩张，气氛一
下子变得紧张起来。

那时候，我刚刚毕业没多久。我也不知道自己哪
里来的勇气和胆量，竟敢顶撞一位年逾花甲的老教师。
片刻的沉默之后，我的语气缓和了下来。我说："老师，
是这样的，还有三个多月，就要高考了，如果学生们
看到这个通告，一定会议论纷纷。这样的话，那个挨
批评的同学压力肯定会非常大，我怕……我怕会影响
他的高考……"

"可是，如果不批评，不给学生们一个警醒，我这
里的杂志就要被学生偷光了。我看着阅览室，我也有
自己的一份责任。"辅导员老师似乎还在生气，但语气
也明显缓和了许多。

"是的，我知道。可是，这个学生……这个学生马
上就要高考了……"我发现自己语塞，一时竟不知道
说什么好。接下来，我的语调似乎在央求这位辅导员
老师了。他沉默了半晌，说："这样吧，我也不为难你，

我撤了，但你必须保证，你一定要回去批评你的学生。""是，我会的，我会的。"我一边答应，一边疯也似的跑向公示栏前，把那块黑板取了回来，并当着辅导员的面擦掉了那个通告批评。那一刻，仿佛擦掉了自己的一个错误，我站起身，如释重负。

这是我接手的第一个毕业班，我不想让自己的学生出什么问题，尽管，我的学生的确做错了。

之后，我曾经打算把这件事委婉地告诉那个犯错误的学生。但是，不知道为什么，我始终没有说。我也不知道，我这样做，是对还是错。

临近高考的最后一个班会，我讲了很多，学生们也听得聚精会神。末了，我语重心长地说："同学们，在你们成长的过程中，肯定犯过这样那样的错误，你们因此也得到过这样那样的教训。然而，不知道你们是否知道，有一些错误，你们犯过了，以为像一粒盐，永久地溶在了岁月中，没有人注意，也没有人计较。其实，我想告诉大家的是，这粒盐，原本并没有溶化掉，只是有人怕硌疼你们，悄悄地为你们收藏了起来。而我这里，就收藏着这样一粒。"

学生们一下子现出惊异的目光，你看看我，我看看你，继而重新把目光投到我身上。我扫视了班里一圈，笑了笑说："是的，我这里的确有一粒。但是，我不想告诉你们，这粒盐是属于谁的，我愿意把这粒盐一直收藏下去。因为，我想用我的永久收藏，来换得这位同学的一颗一辈子不去犯错的心灵。"

我的话音刚落，教室里立即响起雷鸣般的掌声。那一刻，不知为什么，我突然哽咽着，说不出话来。在学生们的掌声中，我结束了那次班会。

我始终没有向任何人提起过这件事。我的那位学生，大学毕业后，在自己的工作岗位上也表现得很优秀。只是，这么多年过去了，那次班会上的掌声，仿佛一直回响在我的耳畔，温暖着我，激励着我，让我不能忘怀。

等待春天降临的擦鞋匠

翰皇居是我们这座小城最大也是装饰最为考究的鞋店。两年前，我在这里买了一双新鞋，顺便想打理一下脚上的那双旧的。旁边的一个小伙子说："大哥，我给你擦一擦吧。"看他一脸的诚恳，我坐了下来。我从来没让别人为我擦过鞋，见他蹲在我的面前，我有些惶恐，说："这不妥吧，我这样高高在上的，不尊重你。"他看了看我笑了，说："大哥，你让我擦鞋，我挣了钱养家糊口，就是对我最大的尊重。"

我于是记住了他。

来他这里擦鞋的人零零落落，并不多。对此，我很为他担心。我问他，挣的钱够吃饭吗？他讪讪地咧了咧嘴，说，差不多吧。然而，我还是为他担心，因为他为顾客擦一次鞋，只收两块钱。

再去的时候，是夏天的中午时分，他正在吃饭，半饭盒的白水面条，就咸菜，他吃得格外香甜。见我来了，他放下面条就给我擦鞋。交谈中，我才得知，他是个外地人，今年十七岁，很小就辍了学，四处流浪打工。两年前来到这个地方，正赶上这家鞋店开业，他就当了一名擦鞋工。他还告诉我，他的父亲在山西下煤窑，家里还有个疯哥哥，母亲一个人照看着。那一刻，我明白了两块钱对于他的意义。

我问："这个鞋店除了你，没有人来当过擦鞋工吗？"他说："断断续续地也来过几个，但过不了多久就走了。走的人都说，挣的钱太少，还不够丢人的呢。"说完，他沉默了一会儿，接着说，"咱们靠双手挣钱吃饭，还有什么丢人的呢？"

这以后很长一段时间，我都没有光顾过那家鞋店。只是有一次，我蹬着自行车回家，有个人远远地喊我："大哥，回家啊？"是他。但匆忙间，我们只是打过一个招呼，就各自走开了。

去年六一儿童节的时候，我领着儿子去那家鞋店买鞋。店面里，依旧熙熙攘攘。但我发现，那个擦鞋的小摊位已经没了，取而代之的，是一排漂亮的鞋柜。我问旁边的服务员，服务员说，老板觉得这个不赚钱，就撤了。我的内心里不由得袭来一阵悲凉。原来，即便就是这少得可怜的两块钱，也不全是那个擦鞋工的。从那个鞋店出来后，我心里疙疙瘩瘩的，不舒服。

像生命中许许多多的过客一样，他就这样消失在了我的视野。虽然，我们只是仅有的几次接触，但是在我心中，他是一个遭受着生活艰辛的孩子，活得并不容易。

今年初秋的一天，我要去本省的另一座城市参加省作协采风会。公共汽车到了市里之后，天上落起了雨，淅淅沥沥的，我打了一辆三轮车，赶往转乘的另一个车站。到站后，我正要付钱，车夫从遮盖得严严实实的塑料雨衣后吐出三个字：不要了。见我纳闷，车夫揭开罩在脸上的雨衣，说："大哥，不认识了？是我。"——哦，原来是那个擦鞋工，我有些喜出望外。才知道，从我们那个小城出来后，他就来到这里蹬人力三轮车。问及他的情况，他说："今天下雨，坐车的人不多，不过，"他拍了拍上衣袋说，"我已经挣了七块多钱了……"

虽然他坚决不要我的钱，但我以同样的坚决给了他。接钱的一刹那，他的手一片冰凉，那是一种让人心疼的冰凉。我知道前行的路上，他还要遭遇许许多多更寒冷的事情，但是我相信，生活最终会将一种大温暖藏在后边，等着他。因为一个不屈服于命运的人，一个自立自强的人，肯定会等到命运的春天降临的那一天。

一个生命的逝去

那天，我去城西的邮政局储蓄所取钱的路上，看到了一只燕子。我看到它的时候，它已经收敛了自己的翅膀，扁平得像一片纸一样了。黑黑的羽毛紧挤着，贴在路面上，同时贴在地面上的，还有它的肉体，它的心脏，以及它的飞翔。

它，死于一场车祸。

我不知道它从哪一个屋檐下来，要急急地飞往哪一个地方去。田野中，一方池塘，一块稻田，那是多么安全的路啊，然而它没有走，却要低低地横穿这条马路，难道是在冥冥之中，去赴生命早已安排好的一个不测的宴会？或者，艰难的生活早已安排好了某个埋伏，要它必须奔赴这条死路？那是一个清晨，抑或是一个傍晚，一切都静悄悄的，甚至连一声刹车的声音都没有，炊烟在风中袅娜，鸟鸣不绝如缕。然而，一个生命已经走到了尽头。

这是多么卑微的一个生命啊！谁也没有去注意，

甚至包括肇事的司机。这个世界，多少卑微的生命就这样逝去了，黯淡，平静，悄无声息。人世间，所有微小而平庸的生命，都这样活着，像一只蚂蚁，似一粒草芥，它们支撑着整个世界。然而，它们却又始终沉默着。它们把喧嚣留给浮躁、狂妄而又自私的其他动物，而把自己的灵魂沉静了下来。它们或许早就明白了，繁华终究要谢幕，荣光最终会黯淡，于是它们把生命的内核交给了平静。

它刚刚从田头飞过来，而且它的嘴上，还衔着一条捕捉住的飞虫，急着回去喂养嗷嗷待哺的几只雏燕，是这样吗？或者，它早已经把它们的儿女喂好，要赶在雨天来临之前，备下一些粮食，刚刚与儿女们在巢中嬉戏后飞出来，横穿了这条马路，是这样吗？又或者，另一个燕子的家庭，遭遇了生活的某种不幸，它黯然神伤，刚刚去抚慰它们归来，是这样吗……似乎，这一切都不重要了，重要的是，它不幸罹难了。街上车水马龙，没有谁注意到一个卑微的生命罹难了，人们行色匆匆，连投来一瞥的时间都没有。物欲横流的社会里，更多的人在关心着自己，有谁还能留意一个卑微生命的死活？

它的儿女，还在巢中，等着它回来。它们叽叽喳喳，纷纷猜测着母亲在飞抵檐下时，将会做出怎样一个漂亮的剪尾动作。它们还在猜测着，母亲回来的时候，会把第一口的食物喂给谁。它们还猜测着，母亲回来以后，将会和它们进行怎样一个有趣的游戏。然而，它们并不知道，所有的爱都破灭了，所有的温暖和欢笑破灭了，它们的母亲已经死了，死于一场车祸。

遥想春天的时候，在南方一个有着桨声灯影的美丽村落里，青灰屋檐下，它开始谋划着往北迁徙。生活虽然这样简单地重复着，但简单中，藏着卑微生命平和的幸福。它走的时候，门扉的阶上，有一个白发的婆婆，拄着拐杖，翘首仰望。婆婆的眼神，柔和，慈祥，蕴藏着爱的光芒。一路上，它冒着冷冷的风，迎着冷冷的雨。它知道风雨是生活苦难的哲学，所以它并无畏惧，满怀信心地向前飞着，然而它并不知道，它的生命早已中了一个不可预测的埋伏。

"嘭"的一声，在人世间洪大的喧响里，一切都被淹没了，也包括这极为微弱的一响。这是这只燕子一生中听到的最惨烈的声响，然而，它却倒在了这样的惨烈的声响里，随后它收敛了翅膀，失去了知觉，停止了心跳。它死了，死在了文明的人类发明的汽车下。它的死，没有人去报案，也没有人负责，包括肇事的司机。自以为强大的生命，是不会在意任何一个卑微生命的失去的。他们轻描淡写，在漠视中，已经丧失了怜悯、同情以及最起码的道德责任感。

阳光还在照耀，街市依旧太平。池塘边，还有不绝的蛙鸣。树木间，鸟儿自由地飞翔。屋檐下，虫儿叽喳地嬉戏。一个卑微的生命逝去了，它不会改变这个世界什么，它像一片云的飞逝，像一缕烟的飘散，像一滴水的蒸发，浩大的生命体系中，只是缺失了冰山之一角，九牛之一毛。一个卑微的生命在不声不响中，倒下了。没有哀悼，没有悲戚，没有声响。它们沉默着来到这个世界，又在沉默中悄然归去。它的生，不会惊动什么，它的死，也悄无声息。

　　一只燕子死了，一个卑微的生命从此画上了句号，一同画上句号的，还有它的艰辛和爱。尽管此后很长的一段时间，它的爱人还会悲伤，它的儿女们依旧感受着凄凉，然而，它的躯体会逐渐分解、消融，从这条路上消失，一分流水，一分尘土，一分云烟，成为自然界的一部分。实际上，所有的生命最后都会走向烟消云散。只是，我在想，这样的一个人世间，像燕子一般卑微的生命，谁会关注着它，成为它最后的守望者呢？

驱散人心的寒冷

晚秋时候，大堆大堆的柴火开始往家运，偌大的后院已经堆满了，高高的，过了院墙。

这天黄昏，我把镰刀从车上收起来，又极细致地一个一个挂在西厢房的窗框上。岁月的风尘一下子聚了过来，一点一点掩了它们的锋芒。我顾不上这些，一转身，从西厢房退出来，四下里转悠，享受着无所事事的乐趣。

晚上，睡得朦朦胧胧，听着父亲又在哗哗地磨镰刀，睁开惺忪的睡眼，我问父亲："柴火不是已经够一冬天烧了，还磨镰刀干什么？"父亲说："安静睡你的，明天起个大早，继续到芦草沟砍柴去。"父亲说完，臂膀的弓拉得满满的，哗——哗——，一门心思磨他的镰刀，我怔怔地盯了一会儿，便又沉沉地睡去了。

第二天，一家人又挥着镰刀钻进了芦草沟的沟沟岔岔。晌午的时候，便又砍了满满的一车山柴。有意思的是，这次父亲没有把柴火拉回家，而是拉到了瓜地的地边上。秋天的瓜地空旷旷的，有一些衰草在风中摇曳，三角的瓜棚冷冷地在那里蹲着。瓜棚的旁边，是一条并不平坦的土路，直通向乡里。父亲把一车柴就紧贴着瓜棚堆了起来。父亲一边堆，我一边嘟囔，明年生火做饭用不了这么多的。

父亲说："也不全是给明年用的。"看着我还在纳闷，父亲便歇了下来，笑笑说："天气越来越冷了，来来往往的赶路人难免会多，实在冷得不行，能有一把现成的柴火揪下来点着，暖和暖和身子，有什么不好的。你上学不知道，年年我都要在这里准备下一车柴火的。其实，一个人冷不冷，不在于自家有多少柴火，只有你想到了别人的冷暖，懂得给别人准备柴火了，才会走到哪里都不挨冻……"

那几年，我一直在学校上学，书本里从来没有见过父亲说的这句话，也不知道父亲年年要砍下这样一车柴。但是从那一天我知道了，天气冷的时候，想着为别人砍下一车柴，才会让所有的寒冷都离你远远的。

再大以后，我发现，世上的好多事情，都照着父亲的这句话去做，便会躲开人生好多的寒冷。

种下一片阴凉

　　在冀北的老家屋后有这样一对邻居，一家姓梁，一家姓李。打我记事的时候起，两家就好得一塌糊涂。大人小孩像影子似的紧随着，就连炊烟，也经常拧在一起，分不出你我。

　　然而有一天，因为一件鸡毛蒜皮的小事，两家昏天黑地地打了一场。从此以后，非但大人之间不说话，就连小孩也不允许到对方的家里去玩耍了。即便是一只鸡飞过墙去，各家都要狠狠地打到对方的院里。人们都说，这两家的仇结深了。

　　夏天的时候，梁家的杏树开始挂果，有一枝探到了李家的院子。尽管梁家时时提防着，但还是担心将来杏熟了，被李家偷偷摘了去，于是一狠心，把探到李家的那一段枝柯锯了去。李家有一棵槐树，有粗粗的两个杈伸到了梁家的房顶上，每年的夏天，要为梁家遮挡出一片阴凉。李家干脆也一不做二不休，把探到梁家的一大片枝柯尽数地伐掉了。

又有一年，两家忽然又好起来了，然而他们却再也回不到从前了。李家的院子再没有了伸手可触的杏子，梁家的屋顶上，也再没有那一片沁人的阴凉了。

还有一个故事，发生在饥荒年代。有这样一户白姓人家，生活困顿，眼看一家人就维持不下去了。他的东邻姓侯，看在眼里急在心上，毅然决然地拿出所剩不多的一点粮食来，送给了他家。然而，事情发展的结果是，在以后的日子里，侯家的一个小女儿，由于家里实在没有可吃的东西，而丧失了生命。

村里人都说，白家人欠下邻居一条人命，这是天大的恩情啊，白家人在将来的日子里，一定要厚厚地报答才对。然而那些年，白家人一直过得很困窘，也没有什么特别的东西去回报他的邻居。他的邻居似乎也并没有指望他什么，日子就这样柴米油盐平平静静地往前过着。

姓白的人爱种树，自己的房前屋后种得满满当当，也为邻居的房前屋后种了不少。半面坡上，全是他种的树。每年春暖花开的时候，就绿绿的一大片，漾着盎然的春意。树虽然不少，但长势并不好，曲曲歪歪的，没有几棵能成材。没事的时候，他到东邻去坐，就和侯家人说，树是两家的，成不了材，烧火做饭的，随便砍了用吧。

有一年，村里突然下了一场百年不遇的大雨，一直下了几天几夜，起了山洪。更可怕的是，村里发生了大面积的山体滑坡，好多人家的房子瞬息之间被夷为平地，不少人失去了生命。而在这次劫难中，白家和他的东邻的房屋却安然无恙，人们都说，姓白的种的那一坡树起了作用了。

人生有好长的一段路要走，难免有磕磕碰碰的事情，不要因为暂时的受伤，而让我们缺失了豁达和宽容，那样的话，我们在别人的心目中将缺失一片最美的阴凉。如果，我们曾经在最危难的时候，慷慨地施与过别人，也不要急着等待回报，因为总有一天，生活会以一种意想不到的方式，向你感恩和回馈。

反过来想，再厚重的生活也好报答，有时候，只简单到种下一棵树；再深的怨仇也好化解，只要你的心里还能为对方留下一片阴凉。

月光下的村庄

那是个夕阳还算鲜亮的黄昏，院子里，鸡婆们气定神闲地踱着方步，泛着光泽的树叶恬淡地沉静在枝柯间，空气中，七上八下地浮动着一些闷热。远处的山峁上，牛羊群扬起的尘土浮云一般移近村庄，大地上掀起一片巨大的喧嚣。不久，这喧嚣就像亮在墙上的光线，开始一寸一寸地消退沉没。

就像无数个黄昏的翻版，那天，我们一家人正团坐在炕上吃饭。本来父亲和母亲有一句没一句地说着事，不知道为什么父亲突然上了火，一团白亮亮的东西飞速地砸向母亲，落在母亲的前胸上。是父亲手中的饭碗。姐姐哭了，我蒙在墙角，母亲断断续续地抽泣起来。父亲呢，黑着脸，一摔门走了。

很晚了，后山上隐约响起了凄凉的笛声，如泣如诉。已经躺在炕上的母亲对我说，儿啊，找你父亲去吧。我从半睡半醒之间起来，一出门，一院子的月光，白花花的，吓了我一跳。黄昏时的闷热已经荡然无存了，到处都清凉凉的。村庄的四周、坡上、河床里，像有澄澈的积水一般，却又凝滞着不动。这时候的树睡了，树上的雀也睡了，就连一条一条的路，也睡倒在月光的影子里——整个村庄淹没在巨大的寂静当中。我刚转出院门，有一个黑影倏忽间跟了上来，是我家的狗，黑黑地跟在了身后。

爬上山梁的时候，身后的月光水一般涨了起来，坡底的村庄愈加地模糊了，似乎沉浸在了月光的湖底。更远的地方是影影绰绰的山，飘忽，朦胧，仿佛在月光的水中，又仿佛是在远处的岸上。清凉中，有一丝风，顺着山梁吹过来，在蓬蒿和茂草之间，发出呼呼的响动。父亲的笛声再起的时候，我已经离父亲很近了。循着笛声，我看到父亲正蹲坐在山峁上，嘴边横着他的笛子。他问我为啥跑来了，我说："我妈让你回去。"父亲说："你先回去吧。"然后，父亲便长时间沉默着不说话。赖在旁边没走的我，心里像受了许多委屈，一节一节地向上涌着，终于止不住，呜呜咽咽地哭了起来。

泪眼朦胧中，父亲站了起来，一把把我举过他的头顶，放在他宽阔的肩上。我双手抱着父亲的头，真高啊，我仿佛在船的桅杆之上，或者在塔楼的顶上。父亲开始深一脚浅一脚地往回走，然而肩上的我并没有感觉到颠簸——父亲就像一只船啊，划行在这个月光皎洁的晚上。芦草沟、黑山子、南山梁，这些白天热闹而又喧嚣的地方，此刻都静悄悄的，只有一两声山鸟的咕鸣声，在平静的夜里涟漪般散开，显得格外响亮。

父亲紧紧地抓着我的双脚，身子前倾着，我们很快就下到了半坡。父亲问我，饿吗？我说，饿。父亲说，想吃什么？我说，不知道。父亲接下来没有说什么，我也没有接着说什么。然而那一天晚上，父亲走在梁上，我坐在父亲的肩上，我朦胧而真切地感受着一些东西。那是什么呢？那么细微，那么清新，那么醉人，像那个晚上月光澄澈地照耀，又像是一条莫名的手臂安详地抚摸，是一种无法言喻的幸福，又是一种无法替代的温暖，是浮动在月光水流之上的那只父亲的船吗？

我和父亲进村的时候，起了四五声的狗吠，而我家的那只，不知什么时候，早已安卧在檐底的白石上了。

父亲的箴言

　　孩子，有些话，在你长大的过程中，我要和你说说。

　　昨天，你回来哭哭啼啼地告诉我，说一个同学又和你闹别扭了，你说事情本来不怨你的，是同学做得太过分，爸爸笑了。

　　依爸爸的经验，一个人要赢得另一个人很容易，那就是要学着吃亏。孩子，这个世界上没有人喜欢爱占便宜的人，但所有人都喜欢爱吃亏的人。你想着吃亏的时候，就会赢得别人；那个懂得以更大的吃亏方式来回报你的人，是你赢得的朋友。

　　孩子，**人生的每一次付出，就像在空谷当中喊话，没有必要期望要谁听到，但那绵长悠远的回音，就是生活对你的最好回报。**

　　有一次，让你出去买醋，本来给你一个硬币就够了，爸爸多给了你几个。爸爸发现，你在出门的时候，把多余的硬币悄悄放在写字台的角上。那一刻，爸爸装作没看见，但你不知道，爸爸的内心是多么高兴。

孩子，人生的许多东西是多余的，比如金钱，比如欲望，比如名声。更多的时候，得到你该要的该有的就够了，就像现在，拿走一个硬币，剩下的，在你心里淡淡地扔掉。

爸爸想说的是，因为你的舍弃，你豁然开阔的眼界里，将会发现人生中更多更美的风景。

爸爸在乡下教书的那一年，咱们家的日子过得很窘迫。爸爸没有钱给你买玩具，你找来许多塑料袋，在一个塑料袋里盛满水，用针扎破了，看着细细的水流流向另一个袋子，然后，再换另一个袋子，你玩得很快乐。

或许，很小的时候，你就学会了在简单的生活中寻找快乐。不错的，孩子，生活中有些东西并不容易改变，但容易改变的，是人的心情。孩子，即便你一生中什么也没有抓住，但抓住了快乐，你就是天底下最富有的人。

爸爸为你讲一个故事。

你爷爷有一个朋友是做大买卖的，有一年他把二十几个村庄的账敛起来，用纸包好了放在了咱家里，他说他要到别的村子里去，就一拍屁股走了。结果，一连多少年，再没有了他的消息。

爸爸上学的时候，你爷爷的肺病已经很厉害了，家里一贫如洗。好几次，你奶奶提到那个账包的事情。你奶奶的意思是挪用一下，缓一缓家里的紧张情况。你爷爷一瞪眼，说："人家凭什么敢把这么大的钱放在咱这里，说明咱的人比他的钱值钱！"

孩子，你爷爷临死的时候，还是一个穷人。但他是一个铁骨铮铮的穷人。爸爸把这个故事讲给你听，是希望你能明白，一个穷人应该以怎样的风骨，在这个世界上站立。

汤面爱情

　　有一个小伙子，在省城的一家餐馆打工。那个餐馆并不大，经营也简单，只是做汤面。餐馆的旁边，是一所私立的中医学院，有几千号大学生进进出出，因为有这些学生光顾，餐馆的生意并不坏。

　　一天傍晚，餐馆里冷冷清清的，只有夕照的光芒在四壁间静静地浮动。这时候，进来一个个子高高的女生，一身素雅的衣服，更添了雅致。她要了一碗汤面之后，便在墙角的一处位置坐了下来，拿出一本时尚杂志来，一页一页地闲翻着。小伙子是餐馆的服务员，也有着一手拉面的好功夫，有时候兼帮着在后厨拉面。那天，面是小伙子拉的，也是他端上来放在女生面前的。女生把汤面细致地拌了拌，埋头吃了起来。

　　她发现，在她吃的过程中，小伙子一直在旁边站着。起初，她以为他很快会离去，也并未在意。然而他并没走，在吃到一半的时候，她终于忍耐不住了，问他为什么站在旁边不走。他说："你需要醋吗？"果然，他的手里拿着一把醋壶，姿势端正地等着。"要不要醋，我自己会倒，用不着你。"女生显然有些恼火了。小伙子讪讪地躲到一边，不再说话。

女孩几乎每周都要到这家餐馆来一次，她喜欢这里的面，以及令人垂涎的汤。这周，她照例在墙角的位置坐了下来。还是那个小伙子，端上面后，依旧站在她的旁边，样子傻傻的，手里拿着一把醋壶。她想不明白，餐馆里有好几个服务员，有的在闲聊，有的在坐着发呆，只有他一个人，傻傻地站着。不过，这次她没有表现出更多的反感。站就站着吧，只要有耐心。她一边吃面，一边在心里发笑。

再后来，女孩还是每周来一次，但每次来的感受都不一样。比如，这一次，她发现小伙子手中白瓷的醋壶，在白净中泛着透明的美。另一次，她发现，小伙子站姿虽然傻傻的，脸上却浮动着可人的笑。又一次，她发现小伙子的另一只手像一只无处躲藏的老鼠，惶恐得可爱。总之每一次，她都能发现这个傻傻的小伙子与众不同的地方。她想，他也许不会坚持太久，因为一个人这样被冷落着，是不会有多少耐心的。

暑去寒来，餐馆的服务员换了一批又一批，然而，这个傻傻的小伙子还在。情况也并不像女孩所想象的那样，无论女孩哪个星期到来，他总是端着那把白瓷的醋壶站在旁边，不远也不近，随时等待着她的召唤。

第五十一周的时候，面端了上来，女孩一招手，把小伙子叫了过去。他以为女孩终于要醋了，满面笑容地走到女孩的桌前。女孩说:"醋我从来不爱吃的,你替我再拿个碗来吧。"小伙子很听话,很快又拿来一只碗,女孩把自己碗中的一半面倒了进去。她让小伙子坐下来,然后甜甜地对他说:"你和我一起吃吧。"

多年以后,小伙子问女孩:"那一年,你为什么要请我和你坐下来一起吃面呢?"女孩说:"当你傻傻的样子坚持到五十一周的时候,我感动了。因为生命中,能有一个人,为了一点对你来说无关紧要的东西,而肯不计辛苦地等在你的身旁,一定是幸福的。而这个人,无论身份地位如何,都值得我把终身依托给他。"

这个浪漫故事中的男主人公,是我的表弟。现在,他和那个成了他妻子的女孩,在这座城市经营着自己的一家小吃店。他们的故事可以告诉我们,甜美的爱情有时候距我们并不遥远,那段路,或许只需要一个很小很小的细节铺就。

第三辑

让生命欢悦，给心灵松绑

一帘幽梦

　　八大山人有一幅画，恬淡得让我吃惊。素白的画纸上简洁至极，左上一虾，神情笃定，右下是三条活泼翔动的小鱼。画面的中间，四周，空空的，是无边的静寂。最后，八大山人似乎连字也不愿往上题了，只两个，也小心翼翼的，生怕扰了这静寂，惊动了四个生命自由而安适的梦。

　　八大山人一生可谓凄惨，作为明皇族的后裔，装过哑扮过傻，又患癫狂之疾。我们能理解他大多画作中的枯索冷寂以及满目的凄凉，那是他的心境，是逃不脱的。然而这一幅，我却读出一个悲凉者恬淡的梦来。那种感觉就像没遮拦的满月，哗哗泻一地清水，然后静听一个盲者竹竿敲击地面的声音，笃——笃笃——，敲在水中，又似击在地上。那是生命的声音，静谧，安详，纷扬着悠远的恬静。这是八大山人的梦，苦苦的，却勾人心魄，引人入胜。

丰子恺有一幅画，题目叫：人散后，一钩新月天如水。郑振铎曾经对这幅画怀着极大的兴趣，他评价说："虽然是疏朗的几笔墨痕，画着一道卷上的芦帘，一个放在廊边的小桌，桌上是一把壶，几个杯，天上是一钩新月。我的情思却被他带到一个仙境，我的心上感到一种说不出的美感。"我以为，这一月，一桌，一壶，数杯，笼着一芦帘闲适、雅致的梦和疏淡、清逸的梦，尽管这梦缥缈隐约，却藏着丰子恺精神的天堂。

秦观在他的词中道：夜月一帘幽梦，春风十里柔情。秦少游这一帘幽梦，既不是悲苦中的禅定，更不是闲适中的雅趣，这是与一个歌女的别离梦。你听他"素弦声断，翠绡香减，那堪片片飞花弄晚"，一副肝肠寸断的样子，这温柔乡的梦难免就艳艳的，透着腻人的奢华与浮靡。这方面，《金瓶梅》里的西门庆造的梦最大，是个肥皂梦，结果结局也悲惨。

人世间的别离相思、男欢女爱，是最俗世的梦，更是众生的一场幸福的劫难。爱得死去活来，恨得伤筋动骨，到头来幸福都烟消云散了，只剩下一场浩大的劫难。

人总归是要有梦的。据说，上帝在造人的时候，一马虎，剩下了些边角料。怎么办呢？上帝琢磨了半天，还是把这些东西一股脑儿地给了人，编梦去吧。上帝很坏，他把这些边角料给了人之后，便躲在一边哧哧地笑。他给了人体魄和骨骼，只是让人简单地支撑支撑肉体，把精神上这么大的事，却交给了一个个虚无缥缈的梦。

看过古代的一个故事，说一个一辈子都没有考取功名的人，被一块石头重重地绊了一跤，疯了，结果一天到晚抱着那块石头不放。一个石匠，晚上趁他不备潜入他家。第二天，疯子再出来的时候，怀中的石头上凄然刻着七个字：

一帘幽梦与谁诉。

飞虫夜访

你来了。

尽管你到来的声音细小而隐约，但瞒不了我——一个在寂寞中过了这么多年的人。

夜已经很深，所有的人都睡了，而我还在电脑前疲于奔命。我知道，生活中一直有一些看不见的东西在追着我，让我孤身一人在暗夜里跑。在暗夜奔跑的人不容易找着路，但条条都是路。这几年我一直在这样的夜里跑着，而你呢，你又是从哪一条路跑来的呢？

你在我的胳膊上落停后，艰难地穿过几根东倒西歪的毛发。你会发现，我胳膊上的路并不比生活中的路好走多少，好在你会选择，硬是在我的手腕处找到了一个相对光洁的地方，然后便抬起了你薄薄的有些透明的脑袋。

你在看我。

你太小了，小得我无法看到你的眼睛，无法揣测你的内心。你似乎歪着脑袋，神情专注而投入。多少年了，没有什么能这样欣赏地看着我，发自内心，抵近本质，触及灵魂。

我于是感动。

　　你这样一个弱小的生命，也像我一样孤独吗？你的周围也有一个让你挣扎的尘世吗？你也愿意等这个喧嚣的世界睡死过去，静静地坐下来，去想一些事情，享受内心的宁静吗？

　　这只了不起的飞虫，总之你来了。你此刻就站在我的胳膊上，你或许正和我说话。你说什么，我听不到，也没有人能听得到，你或许不知道人类并不善于倾听，也懒得与弱者对话。我这半辈子所走的路有些古怪，走着走着，就容易走到一些东西的背面，这使我过早地看清了一些事情。所以，大白天我活得并不自由，只有很深的夜是属于我的。我学会了听一些细微而弱小的声音，比如一条蚯蚓的拱动，一群老鼠的迁徙，风敲叶响，或者云动鸟惊，不是这些声音太大，而是我的内心静得一片死寂。

　　你来了，我很高兴。在这样的暗夜，没有什么来陪过我。或许我走得太远了，远离了一些东西。很多的时候，我希望身边能有一双目光，哪怕是远远地注视，我也就满足了。现在，你来了，就在我的对面，我希望你能够坐下来与我谈一谈，随便什么都可以。你很小，但这丝毫不会影响你的深刻。我曾经从很小的蚂蚁身上捕捉过许多的人生哲理，许多想不通的事情，从蚂蚁的角度很快就想通了。所以，我敬重你们，与你们相比，人显得卑琐、贪婪、虚伪，而且总喜欢把简单的事情复杂化。

你来看我，一定飞过了一段浩渺的水，一面辽阔的坡。你大老远来看我，我没有什么拿来招待你，甚至没有让你坐下来的一把椅子，我的内心很愧疚。人一天到晚地忙自己的事，他们除了自己，很难去记住别的什么事。我是坐着的，我不知道我这样坐着，在你的眼里是否有些居高临下。我不想把自己弄得很高大，因为我知道，高大从来都不是海拔的高度，而是一种精神的高度。我曾经写过许多速朽的文章，那些东西在它们出现的时候就注定要消失，今天我不想和你谈这些事情，虽然它一直在我的心里浅薄地藏着。

我这个地方很少有什么东西来，今天你从我忘记关上的一扇窗户进来，我真的很感激你，能够在这样的一个死寂的暗夜陪我一程。现在我似乎该想想，以前的十几年，是不是关错了好多扇窗户，从而看不到许多通向生活的路。

这样想来，明天我好像该试着去推开一扇门。

走过迷茫

人活在这个世界上，总会有迷茫的时候。

学习上勤奋求索却总无进步，会迷茫；事业上艰苦打拼却毫无起色，会迷茫；婚姻中苦心经营却仍难维系，会迷茫。一条人生路，这一段山容染翠，水光涉色，下一段就会雾霾幻眼，沼泽扰心。也就是说，生活展现给我们的，不会总是芳菲摇曳醉人心魄的风景。有时，也会是一段泥泞遍地荆棘缠身的困境。

迷茫，就是这样一种困境。这种困境，是迷乱精神的沼泽，是拂乱心性的泥淖，心灵一旦深陷其中，便会茫然四顾，难以自拔。

人在迷茫的时候，心绪是乱的。这时候的心绪，纷纷扬扬，丝丝缕缕，是无边落木萧萧下，是十万残荷听雨声，是落红万点愁如海。这时候的心绪，零乱琐碎，繁复错杂，是剪不断、理还乱，是才下眉头、却上心头。

　　这时候，人不是没有路可走，而是走着走着，突然没了方向。或者，前面突兀生出无数个方向，踟蹰着，不知道该往哪一处去。

　　一个光芒四射的人，迷茫的时候，会暗淡下来；一个激情四溢的人，迷茫的时候，会岑寂下来；一个恬淡悠然的人，迷茫的时候，会心浮气躁起来；一个无所不能的人，迷茫的时候，会手足无措起来。迷茫，实际上就是一个人精神的殿堂里亮着的灯突然灭了，在一片漆黑中，内心变得焦躁、脆弱、茫然而无所适从。

　　在得失之间，患得患失的人，容易迷茫；在取舍之间，取舍两难的人，容易迷茫；在是非面前，是非不分的人，容易迷茫。一个在自我的精神家园里还未扎下根的人，最容易迷茫。他们像浮萍一样，随波逐流，像转蓬一样，缘风飘举，全是因为缺少了根的牵系。而这根，就是正确的人生观、笃定的人生信念以及高贵的精神操守。

　　一棵根系发达、枝繁叶茂的大树，无论是风刀，还是霜剑，是酷暑，还是严寒，都会挺立在自我的精神家园中，岿然不动。人也一样。

　　迷茫，是绾在精神巨藤上的疙瘩，是笼在心灵山谷里的迷雾。要解开这疙瘩，需要智慧的利剑；要吹散这迷雾，需要智慧的清风。也就是说，尽管迷茫是一段艰难的心路历程，但只要经过一番妙智妙慧的点拨，便会使一个人醍醐灌顶，豁然开朗，从迷茫中走出来。

　　所以，要想从迷茫中走出来，或者最终远离迷茫，就要通过学习去提升自我的智慧，通过修养去完善自身的精神。因为一个智慧明达的人，一个精神完美的人，是不会轻易迷茫的。

迷茫，让我们在心灵的踟蹰与徘徊中，洞见了自身的局限与不足，对自我有了更加清醒的审视和理性的认识。因此，一个真正从迷茫的困境里走出来的人，更容易走出一条目标明确、足迹坚定的人生之路。

暗处的光华

多数人喜欢在热闹中流连嬉戏，而我，却愿意在尘世的荒凉处驻足静赏。

我总以为，世间一切的热闹和喧嚣，就像一枚枚飘摇在枝柯上的叶片，不会在岁月中停留太久。秋风乍起，窸窸窣窣的碎响中，经脉中那曾经的繁华，曾经的喧闹，就会坚守不住，一片，一片，随风飘落。

连一丝痕迹也不会留下。

脱落，碎裂，腐化，融入泥土，与大地一起归于沉寂与平静，是一切热闹和喧嚣的结局。这不是生活宿命的安排，这是上苍以它的聪颖与智慧，对人类迷乱而浮躁的内心，睿智的点拨与指引。

大风吹过，热闹与喧嚣不再。而尘世的斜巷里，人间的矮檐下，岁月暗处的光华，却在寂静光泽的辉映下，不动声色地呈现。

我曾经聆听过一个乡下农民的教诲。他并不识文断字，卑微得像地垄旁的一棵草芥。然而一个春天的下午，我与他交谈，他宏阔的眼界与妙智妙慧，让我这个居住在城里的书生，猛然间感受到自身的局促与狭隘。本来，凭着拥有的一点学识，我的骨子里浸淫着不少的自以为是。然而，在那样的大智慧面前，这些小聪明只好愧怍和汗颜。我才知道，偌大的民间，才是人类大智慧的生发地，他们惠泽万物，却举重若轻，不发出一点声响。

后来，我与那位农民成了朋友。在智慧的河边，在它无边的澄澈中，一个人会洞见自我的愚昧与无知。

这就是静赏的好处，这就是静赏的妙处。它让一个人在沉静自我内心的同时，对生活，有了不同寻常的发现。

我还认识一位老者，他从一所普通中学退休了。擅书会画的他，从不炫耀示人。直到有一天，一群一样鬓发花白的老同学们从城里来看他，说他的画在全国的画展中，得了奖，受到了好评。大家才从他同学的口中得知，这位老人，原来毕业于国内一所知名的大学，在那个特殊年代，被下放到了乡下。后来，同学们纷纷落实了政策，从农村回到了城里，而他却因为种种原因，失去了回城的机会。

可是，乡下二十年，邻居、同事，熟识的与不熟识的，大凡知道他的人，没有谁从老人的嘴里听到过一句抱怨的话，也没有谁听见他哀叹过命运的不公。

他气定神闲，泰然自若，把自我的情绪投射到琴棋书画里，以另一种方式，让自己的人生突围，在静寂中，成就了一个不同凡响的自我。

真是过尽千帆，浮沉无我。

这是灵魂里漫溢出来的一种芬芳，是敦厚的人性中透射出的一种光华。老人的故事告诉我们：**人生，其实有很多种从容别致的活法。只是有时候，我们太过计较，才活得心灵疲惫，满身伤疤。**

在我们看不到的偏远地方，在我们未曾体察到的暗处，一定还有别样的人性光华，譬如大美，譬如大善，譬如大爱，在熠熠生辉。只是，我们没有感觉到罢了。

这是一种静寂的美，这是尘世烟火中，凡俗的智慧镀给岁月的光华。如果没有沉静的心，如果缺少善感的明眸，你就很难发现它。

给心灵松绑

那个黄昏，我把考得一塌糊涂的数学试卷带回家，站在火塘前，大气不敢出，等着父亲发落。

屋子里灰蒙蒙的，有静静的尘土在浮动。父亲在炕上端详着试卷，半天没说一句话。末了，他有些随意地说，前面的几道题粗心了些，之后就好了。说完，把试卷一丢，又在炕上忙着补他的筐箩。

这是我记忆中颇为清晰的场景。母亲在院子里专心地喂猪，鸡们踱着方步进了鸡窝，夕照沉静在邻居的东墙上。我原本以为会惊天动地的事情，就这样在寂静中轻描淡写地过去了。

这之后的人生中也常有类似的场景出现。在考试中，本来成绩下降到只拿一个二等奖，父亲也会说："不错，不错，我还担心你连三等奖也拿不到呢。"平时，父亲总是磨叨："比咱强的人多了，分高分低的，不要太在意。"有一年夏天，我去大同做工。去了两个多月，中秋节的时候，灰头土脑的我只挣回了一百多元钱。

父亲说："不少，有人出去一年，一分钱也拿不回来。"

我总觉得父亲在纵容我。

最要紧的是那一年复读。周围的邻居都劝父亲，家里都这样了，就不要再让小子复读了。实际上，我的内心也有所动摇。临近开学的时候，父亲还是坚定地说，去吧。我说，恐怕没希望。父亲说："数学和英语比去年进步了不少，应该没问题。""你病着，地里的活那么多，我怕家里顶不住。"我亮出了我最担心的底牌。"有你妈呢，更何况，你回来也顶不了多少事，到学校学你的，家里的事，不要想太多。"父亲说得极轻松……

那些年，父亲没有呵斥过我一句，也从来没有强加给我什么目标和任务。即便在家里最困难的时候，也没让我的内心犯过难。现在，我也有了儿子。我发现，我对儿子的呵护中也有着"纵容"的成分。或许，父亲潜移默化的爱早已让我懂得了：最真的爱，就是最大限度地给心灵松绑。

没空烦恼，人生最好

有一个年轻人，活得叫苦连天。

他有一份稳定的工作，也有疼他的父母，他不愁吃，不愁穿，也不缺乏爱。然而，他总觉得自己有无穷无尽的烦恼，纠缠在心里，挣不脱，逃避不掉。

烦恼是怎么产生的？人为什么会有烦恼？年轻人很迷茫，他做梦都想知道这些问题的答案。

一天，他遇上了一位智者。他把自己心底的困惑说了出来，希望智者一番妙言慧语，给自己的心灵以引领和点拨。

智者听后，微微一笑，说："尘俗间，酒池肉林，红尘漫舞，名缰利锁，欲望浮沉，这一切，都在引诱着人，迷乱着人。欲动，则心动，心动，自然烦恼丛生。得与失，荣与辱，起与落，这些东西，你在乎的越多，心里就会越痛苦；你舍弃的越多，内心就会越清净。欲生欲起，缘生缘灭，所以，放得下，才是消除烦恼的根源啊。"

年轻人点点头，觉得智者说得有道理。

后来，有一天，他遇上了一个慈善家。据说，慈善家这一辈子挣了好多钱，全部捐给了别人，自己没留下一分钱，却活得很快乐。

年轻人同样也把自己的困惑说给了慈善家，他希望从慈善家那里得到答案。

慈善家说："我也曾经有过和你一样的痛苦。然而，自从我学会了去关注别人，去爱别人之后，心底的痛苦就荡然无存了。爱，是上帝给我们的一只船桨，它可以摆渡我们于苦海之外。**一个自私的人，是不会得到人生的大愉悦的。只有心底有爱的人，才会在爱的回声里，激荡出无穷快乐的涟漪。**分担别人的痛苦，可以消解自己的痛苦；拿出自己的温暖，可以得到别人温暖的馈赠。这就是爱的神奇力量。

是的，烦恼，更多时候，是自私的结果。当一个人心底里盛着别人，爱着别人的时候，烦恼就会减轻；牵挂别人越多，给别人的爱越广，自己的烦恼就会越少。

慈善家的一番话，让年轻人有拨云见日之感。

一次，单位组织外出旅游，在旅游区的一家农户里，年轻人见一个老婆婆在舂米。老婆婆一边舂米，一边哼着山歌，看起来十分快乐。

年轻人把自己的困惑也说给了老婆婆，希望从老婆婆那里得到别样的回答。

"烦恼?"老婆婆一皱眉，看着这个年轻人，自己也满脸的困惑，说，"我从早到晚都在干活，我忙活了一辈子，只要干着活，我就在唱歌，我就在高兴着，我哪里有时间烦恼啊。"

老婆婆顿了一下，自言自语地说："也许，只有闲下来的人，才会烦恼吧。"

想到以前智者和慈善家的话，那一刻，年轻人彻悟：原来，这个世界，放不下，心底无爱，闲得无聊，都是烦恼的根源，而这其中，无论是哪一样，都会成为精神的泥沼，让人痛苦不尽。

当年轻人明白了这些的时候，自然而然，他也找到了人生快乐的方向。

一只特立独行的山羊

那是一只年轻的山羊，通体黑色，只在它的嘴唇处，透露着一丝的白。

它混迹于一群羊之中，一刻不息地奔走，却没有自己的方向。头羊为所有的羊安排好了一切，其中也包括这只山羊一生的目标。生活中，除了它的父母、亲戚、长辈，还有一些看不见的东西，把它看得死死的，它没有丝毫的自由。它每天要做的事情就是混杂在一群羊的后面，驯服地前行，像云彩一般，从一块田地倏忽间飘移到另一块田地，从一面土坡辗转到另一面土坡。

即便这样，这只山羊还是显示出了与众不同的样子来。视线里，所有的羊们都习惯性地低着头，俯成一种吃草的姿势，这是一种亲近大地的方式。然而它不，它在行进中高昂着头，端视着远方，仪态卓尔不群，气质儒雅不俗。这在一群羊当中，是那么惹眼，那么醒目，那么特立独行。它知道，它终生都要依附于大地，它最终的背影也将消散在这一片大地上。它无意背叛大地，只是，生命中另外的一些风景等着它，去亲近，去感受，去发现。譬如，它一抬头，就亲近了一缕风，亲近了一只飞在高处的昆虫，亲近了一片还没来得及飞走的云，并因此而亲近了整个天空。它发现，遥远的天空其实很近，天空对善意亲近它的人没有距离。

在羊们的眼里，偌大的一片原野，只是为长草而存在的，平的地方叫草地，高的地方叫草坡。它们在这片田野上奔波，只是为草而奔波。这只羊却不同。有时候，它会乘头羊不备，突然独辟蹊径跑到另一条路上去，一直跑出去很远；有时候，另外的羊在一片肥美的草地上匆忙吃草，它却长时间站立不动，凝神远望；有好几次，其他的羊已经走出很远了，它却不着急，故意落下一段距离悠闲地散步。在这一大群羊当中，它只有亲戚，没有朋友；它孤单，却并不显寂寞；它影只，却不显凄绝；它在自我的世界里丰富着，它在内心的广阔中蓬勃着。

这是一只普通的山羊，身子娇小而健壮，在外在上，它并没显示出多少与众不同来。它一样被农人圈在圈里，一样受到鞭子的指斥和吆喝，一样早出晚归。它记住了一些羊，也忘记了一些羊。一些羊来了，又有一些羊走了，生命的来来往往它已经习以为常。它知道什么该擦肩而过，什么该一生相拥，什么该紧紧守住，什么该淡淡丢弃。所以，它的不同，在智慧里，在思想中，在灵魂深处，或漫步，或跳跃，或飞翔，让自我的心灵更加散淡，更加活泼，浮沉无我，来去自由。

就是这只让人陌生而又熟悉的山羊，我见它最后一面的时候，它正在乡村的一片原野上，随着一群羊从一块田地迁徙到另一块田地。当时，它们正要攀过一条田埂。其他的羊耐心持重，四平八稳，移动着碎步，移前脚，跟后脚，琐碎的几步之后，才到了田埂的另一头。而它，只是轻轻地一跃，像一个自由的精灵，在我的视线里划出一道清浅而优雅的黑影。

那极短促、淡淡的一闪，却在那方空间里给我留下了平生所见到的最美的身影。难忘，那只特立独行的山羊。

泡澡

　　泡澡的极致，在于一个泡字！

　　哗哗哗一阵乱冲了事，那是洗澡中白描的手法，肌肤的感受是潦草的。这仿佛是一个粗心的画家在作画，匆匆两笔过后，本来白纸上有了景致的轮廓，意味也呼之欲出了，在这节骨眼上，突然，没有了画家的踪影。

　　多难受啊！

　　你若是泡，一件粗糙的事一下子便鲜活了起来。一方乳白的浴缸，养眼而又可人；一缸碧波荡漾的水，透露出灵魂深处的洁净来。人躺进去，被水恰如其分地包围着，脖子以下的部分，与水举行着一场盛大的水乳交融的仪式。这时候，形式上的人没了，只剩下会思想的脑袋。

　　的确，一方适宜的浴缸对于洗澡来说，实在是太重要了。浴缸太大，旁伸的手脚会乱了章法，一澡洗下来，别别扭扭不得要领。当然，倘若小了，别扭的可不仅仅是身体，即便是一个膝盖遮不住，也会坏了感受。那就像一间温暖屋子的后窗上，有一孔洞穴，呼呼有冷风吹进来，人在温暖中，却遭受着异样的凛冽。

你不断地注入热水，温度在缓慢地攀升着，整个浴室，雾气缭绕，云蒸霞蔚，一派祥和冲淡的境界。这时，你会渐次感觉到，最先是肌肤，抵挡不住，向水做一个妩媚的姿势，缴械投降了；接下来便是浑身的毛孔和细胞，几个回合过后，也节节败退下来。实际上，泡到最后，肌肤消失了，毛孔和细胞消失了，只剩下灵魂与水，紧紧地纠缠拥抱着。

人生的幸福，有时候就像泡澡。当你拥有了从肌肤到心灵的轻松和惬意的时候，你就已经幸福着了。泡过澡的你，走在大街上，长发飘逸，淡香纷飞，浑身清爽，那是幸福的余韵在绵延跌宕。

疲惫的人，似乎更容易从泡澡中让身体解脱出来。20世纪80年代中期，在县城的一家澡堂里，我和几个同学一块去洗澡，正泡着呢，雾气迷蒙中，飘忽着进来一个身影。当他的身体浸入那一方池水当中的时候，我听他轻轻地"哦"了一声，多少时光的风霜和疲惫，在这一声轻浅的呻吟中，彻底释放溶解掉了。

梁实秋在他的《洗澡》中说：旧式人家，尽管是深宅大院，很少有特辟浴室的。一只大木盆，能蹲踞其中，把浴汤泼溅满地，便可以称心如意了。

恐怖！只这一个"蹲踞"，泡澡的所有韵致，便悉数灰飞烟灭了。

泡澡，总归是要好好享受一番的。

怀念

如果，你曾经把一份美好的情感遗留在了岁月深处；如果，你曾经有一段难忘的生活铭刻在了生命的旅途，你就会有怀念的冲动。

怀念，是一个人精神的河流对上游的回望，是内心的秋天对春天的眷顾。就像一片叶子，永远舍不掉与阳光的厮守；就像一叶扁舟，永远离不开与湖水的依偎。对于怀念的人来说，那份情感，那段生活，或许已经永远驻留在他的血脉里，并成为生命中须臾不可或缺的养料。从这个意义上讲，**怀念，就是一个人在自己的精神领域里，跨越时空，去重活那一段生活，重温那一份情感，从而在心底，在血脉中，去重新安享那一种难以言喻的幸福与温馨。**

也许，那份情感，仅仅是与另一个生命的一次美丽邂逅；也许，那段生活，只是悠长生命旅程中平淡的几日。然而，这些过去的事情，经过岁月河流的漂洗后，会逐渐磨砺成生命进程中瑰丽的宝石和珍珠，镶嵌在时光深处。它装饰着一个人的记忆，并以独有的光芒，恒久地照耀着这个生命的内心。

怀念，有时候是温暖自己的一种方式。一个物质贫困的人，如果总是沉浸在过去的富足里，只会让他在清醒后更加痛苦。然而，一个在精神上寒冷而疲惫的人，却可以在怀念中获得心情上的愉悦以及心理上温暖的慰藉。怀念，是生命个体在精神的舞台上上演的一场个人历史剧，它演绎给自己看，最终抚慰与呵护的，也只是自我的精神和灵魂。

怀念，在时间上，是与所经历的过去一次温情的握手；在情感上，是与失落的爱进行的一场虚拟的拥抱。怀念的人会有感叹，那是因为现在已经物是人非；怀念的人会有痛苦，那是因为失去的不能重来。

懂得怀念的人，常常是一些不轻易忘记过去的人。这样的人，往往有着一颗感恩于生活的心。他们能够拨开尘世的云雾，触摸到生活的实质，他们热爱生活，同时又敬畏生活。他们虽然明白，与其留恋和仰望自己的过去，不如珍惜现在所拥有的一切，但他们依旧执着地怀念着。因为，怀念，在他们的生命中，或许早已迷离流转成一份美好的习惯。

人生所有走过的路，不能返回重走；曾经迷失过情感的地方，也再难有一片相同的天空。所有过去的一切，都成了生命中的绝唱。一个人，永远不可能让逝去的事情，在自己的生活里重现，却可以一辈子为之浅吟低唱。或许，这就是怀念了。沉浸在怀念中的人是美的。如果哪一天，我们看到一位安然端坐的老人容光焕发，那他一定是沉浸在怀念中了。那一刻，他穿越时光，叩开了青春岁月的门扉，并在美丽的韶光里安享欢乐。

这也许就是怀念赋予人的魅力，也是岁月镀给每一个人的光华。

借问一片云

一片云彩有没有根？地上的轻烟，山腰间的雾岚，是不是它漂泊在地上的姊妹？它有没有自己的故乡？那奔逸的一朵，是不是要无奈地辗转到他乡？那转瞬消逝的一朵，是不是因为眷恋而融化在故乡的怀里？有没有一片云正意气风发地离开故乡？有没有一片云正乡愁满怀地奔走在回乡的路上？

踽踽独行的那一朵，它要把孤独的心思诉说给谁；伤心失意的那一朵，它要躲在哪一个角落里黯然神伤；一场瓢泼大雨，是它们在为谁恸哭；漫天飘洒的牛毛小雨，是它们为谁流下的缤纷的眼泪？

是谁追在一片云彩的背后，让它急急地奔走；是大地哪一处的妩媚，让它在天空中作着短暂的停留；大片大片的云彩翻卷咆哮，是不是它们呈现给这个世界的愤怒；一片云彩化解消失了，是不是它以另一种方式让生命得以重生；一片云彩在西天烧成晚霞，是为谁吐露着青春火热的心思；一片云彩依偎在山冈，是为谁飘举出柔媚甜蜜的情意？

风是不是它形影不离的朋友？有没有一阵风挽着一片云的手

臂，一直跑到生命的最后？有没有一阵风突然背叛了一片云，让它孤寂地等待一生？风为什么要通过牺牲自己的方式，去为一片云争取应有的自由？风的前世是不是流转着云的影子，云奔赴着的是不是风宿命的方向？

那散淡而飞的，是不是云中的智者？那疾驰猛进的，是不是云中的勇士？两片云擦肩而过，是不是它们在生活中的致意和握手？有没有一片云，在生命最要紧的关头与另一片云萍水相逢？有没有一片云，在裙袂飞扬的时候与另一片云有过浪漫的邂逅？有没有一片云绝情地背弃了另一片云？有没有一片云，在自己的心底里为另一片云一辈子苦苦厮守？

云有没有生活的目标？它们无休无止地奔逸，是不是追求的目标永无尽头？它们的生命是否原本就是一场没有负累羁绊，没有欲望纠缠的纯粹的奔跑？它们没有为自己的生命设置方向，是不是却因此获得了生命最自由的指引？

有没有在内心里流离失所的一朵云？有没有在生命中受了冷落的一朵云？在蓝天中盛开的一朵云，是因为什么而心花怒放？在长空里飘逸自在的一片云，是因为什么而散淡闲适？大地，在它们看来是不是一片枯黄的天空？而蓝天，在它们的眼里是不是乘风飞翔的大地？

　　它为什么要召来雷电的力量，它要警示和惩罚谁？它为什么要与太阳同行，它要把温暖传递给谁？它们让大鹏飞翔在云天之上，是要大鹏看到什么秘密？它们让斥鷃翱翔在蓬蒿之间，是要让斥鷃隐藏于哪一片土地？

　　一片云彩落在地上的阴影，是不是它丢给大地河流的语言？一片云彩匍匐前行，是不是它对草木虫鱼仁爱的抚摸？有没有一片云彩在一条路上走丢了，一阵鸟语把它唤了回来？有没有一片云彩迷失了，一条溪流为它指示出方向？

　　一片云，是不是虚幻的希望和飘移不定的福祉？它到底要带来什么，最终又要带走什么？无拘无束的自由，是不是只是它呈现给生活的一个表象？云在生命的深处，是不是演绎着厚重而跌宕的故事，却把轻松和快乐倒映在蓝天的大幕上？云的前世是不是早已把苦难的谜底藏起来，或者淡淡扔掉了，只在生活中留下一个扑朔迷离的谜面，然后让追逐在最后的一片云，蹙眉紧锁费尽心思苦苦去想？

去，你的快乐

前些时候，和一个刚刚跳槽成功的朋友聊天。我说道："你去的地方是一个开发区，虽然工资很高，但风险很大，退休金、养老保险，这一切的东西，都是不可预见的，而且你指不定什么时候就可能被人家炒掉，变得一无所有。而这些，原来的单位却是可以保证的。"

朋友长叹一声说："以前我常常考虑这个问题，从而错过了许多好机会。现在，我想明白了，如果以我还能工作二十年计，去自己愿意去的地方痛痛快快干二十年，比在这里窝窝囊囊辛辛苦苦干二十年有好处。"我说："是钱吗？"他摇摇头。"是阅历带来的资本吗？"他还是摇摇头。见我一脸纳闷，他笑笑说："是快乐。你知道吗？快乐二十年，你慢慢变老，总比郁闷痛苦地待在一个地方干二十年慢慢变老，好许多。就冲这能让我快乐的二十年，我情愿选择冒险。"

朋友的一席话，让我茅塞顿开。

实际上，人生所有的困惑，都是自我心性的困惑。所有的不痛快，都是内心的不痛快。这和你所处的位置没有关系，和你从事的职业关系也不大。你挣的钱多，必定会被钱背后的东西制约，你处在一个较高的位置上，必定会被这个位置上下的人际关系束缚。只要你活在真实的世界里，就会有两难的困惑。然而，快不快乐，你是能感受得到的；日子是否过得愉悦，你是能体会得到的。所以，该干什么，想干什么，别问谁，问自己的内心快乐不快乐就对了。

的确，这个世界离开钱我们没法活，这是事实。但是，导致人生苦恼的，并不是保证生活温饱的那点钱，而是追求更大的财富和权力所产生的欲望。俗话说，欲望是万恶之源，这话不假。我的一个朋友在一家民营企业当文秘，挣着一份还算不俗的薪水，却一天到晚琢磨着怎么在老板面前表现自己，好让老板在哪一天，忽然睁开慧眼，提他个中层领导当当。有时候，很晚了，他还等着老板回来，好汇报一个自以为是的计划和想法，真是累得厉害。然而，让他难为情的是，来的一茬一茬的年轻人，很快被提拔了，到头来，自己还被人家管着。于是，我的这位朋友一天到晚郁闷着，心中不平，又没办法。到现在，他还当着文秘，还一天到晚费尽心思琢磨着老板的心思，累得像个陀螺似的。

这样活着，也许也是一辈子。

所以说，到什么地方去，最好少听别人的意见，最好不看别人的脸色，瞧瞧自己的内心，内心高兴，什么也别管，咱撒着欢去就是了。

做个文学青年

做文学青年，大抵是诗意的。

人生的大意趣从文学始。文学的趣味到底要比其他事情的趣味来得本真，来得诗意，或者说，更接近自然的生活。

单从心境上言，文学青年保持着浪漫的单纯，一泓净水，为湍急的溪流，为峭立的瀑布，为静谧的湖泊，却全为文学。文字的涟漪深处，藏着炊烟、鹅卵石、草绳、布鞋、村庄、大地，或风敲叶响，或云动鸟惊。一叶梦想的扁舟，既是飘忽的又是坚定的，那就是当一个作家。

大凡事情，想要弄出些名头来就大不易。张爱玲挑唆说，出名要趁早。于是惹得一大批的年轻人蠢蠢欲动，结果个个又都不是张爱玲，出发得挺早，中途便蒸发得一干二净了。

20 世纪 20 年代初，封建王朝的背影还没有散尽，沈从文一脚踏入北京城历史的瓦砾堆里，那时候，他尚不是一个纯粹的文学青年。走投无路之时，他写了大大小小的许多东西，结果投出去的稿件，大都泥牛入海。在极度的窘困之中，他写信给郁达夫求救，最后在他主编的晨报副刊发表了第一篇文字《遥夜——五》。

夏丏尊在《长闲》文中写到一个教师（我疑心就是他自己），弃了多年厌倦的教师生涯，决计在白马湖的家里，从文字上去开拓自己的新天地。用现在的话说，就是要当一个作家，专业从事写作。结果一切收拾停当了，却没有坐下来的心思。"所有的时间，都消磨在风景的留恋上"，朝日好看，夕阳也好看，新月妩媚，满月清澈，风来倾耳松籁，雨霁放眼山光。他叹息道：想享受自然，结果做了自然的奴隶，想做湖上诗人，结果做了湖上懒人。这是他当初万没有料及的，这种颓废的情状，让他深深地感到苦闷。

甚至后来，他拿出弘一和尚"勇猛精进"的字幅挂在壁上，于事徒然；亲手书下"勤靡余暇，心有长闲"八个字，也挂在壁上，来警醒自己，但结果是，不待多久，还是兀自在书房里打起呵欠来。

曾经有一位文学青年，致信夏丏尊先生，意欲终身以写作为职业。先生惶恐，从鲁迅、周作人，一直举例到易卜生，最后的结论是：断不可草率地靠文字来生活。

我以为，为文的人一旦以文学来养家糊口，是极其危险的。生活倒在其次，关键是文字本身，本来是极有魅力的东西，会因了这重负，渐渐失却了光泽，淡去了灵韵，没了味道。

真正的文学不会是为功利的东西。也因此，真正的文学青年最好也该是不为功利而"文学"的青年。

袖口里的寂寞

好像是一个大户人家的女子，在夏日午后的长廊上，一个人枯坐了许久。有书卷在侧，却不曾读。有香茗在几，也不曾啜饮。半晌，慵懒地站起来，旋即，便又深深地坐下了。蹙眉中，隐约紧锁着一些东西，也不好读出来，痕迹淡淡的。

远看那背影，清清浅浅的，空旷辽阔。有一些心思，像正当时节的柳絮，漫天地飘来，忽上忽下，在她的内心深处低回盘旋。

有一个人，路过此地，看到了这女子的情状，略有些淡然地说，你看那女子的袖口。但见那袖管，垂放在藤椅两侧的背上，空落落的，什么也不曾掩藏。袖口里到底会有什么呢？那人接着说，那是一袖口的寂寞啊。

绝妙！

这是我所见到的关于寂寞的文字中，最空灵蕴藉的一种。是啊，原本阔大而撩人心魄的寂寞，竟也可从这小小的袖口中延展出来，就像荒原的背风处逸出一枝新绿，就像大漠的褶皱里冒出一处泉源，给人一种莫名惊诧的喜悦。

　　我曾看到过一个老人的寂寞。这位老人晚景并不好，老伴早已先他而去了，儿女们闲暇时也来得很少。于是，更多的时候，便只剩下孤独的一个人。他每天只在自己的院落里转转，或晒晒太阳，或莳弄花草，很少走出去。寂寞将他困在了一片方寸的天地中，像一道道扎紧的篱笆，让他走不出自己。

　　一个人年岁大了之后，是容易寂寞的。本来岁月像地上的雀子，一路上活泼泼跳跃着陪伴着你。等你老了之后，它忽地跟了别人，只剩下枯燥的一地光阴，萦绕在你的左右。所以，一个人老景凄凉，都是寂寞生出的凄凉，像春韭，一茬茬割不完，而且越割越苍凉。

　　年轻人是不容易寂寞的。他们青春朝气正浓，不识多少愁滋味，心里直通通的，像一眼看到尽头的巷子。年轻人害相思的时候，容易寂寞，然而这样的寂寞却也容易短暂，时间的风一吹，便远了。

　　寂寞的滋味，是深秋的午后树荫下的感觉，清凉，又有些彻骨，让人抵挡不住。害过寂寞的人，都知道，寂寞是让人心底空落落的一种滋味，像是在相思着谁。

　　但却又不全是。寂寞的人看山是山，看水是水，便转而又看山不是山，看水不是水。寂寞的人也总在不断地排遣和打发着这寂寞，却像空谷里喊话，话还未曾让听者听到，便先有层层叠叠的回音回荡回来。寂寞是不好挣脱的。

一般说来，没有牵挂的人，是难有寂寞的。一个人对一件事或另一个人牵挂得越深，再加上所牵挂的人或事又遥遥没有音信或者早已逝去，于是在漫长难挨的时光流逝中，便会生出或长或短或深或浅的寂寞来。

寂寞初来的时候，也是草色遥看近却无的。刚开始，疏疏落落的，我们并不知晓，当真正感受到的时候，像阳光跳进院子，想要遮挡住，却已经来不及了。就这样，它温温婉婉地，带着它清凉又有些彻骨的味道来了。

这一驻，不知道要到什么时候。

倾听心灵的声音

　　我们的心灵深处，藏着一种声音，那是挺立寒冬的枝柯经脉中的一丝萌动，那是蓝天上飞鸟的羽管中滑过的风的呼啸，那是露珠滚落大地的悄然，那是鲜花含羞绽放的寂静；那是一切洪大和微小的声音，那是一切简约和宁静的声音，那是恬淡的声音，那是青翠的声音，那是生命律动的天籁，那是灵魂演奏的琴音。

　　让我们仔细谛听，静静分辨，哪一种声音，在渴望着温暖；哪一种声音，在向往着苍穹；是哪一种声音，在无限接近着大地；又是哪一种声音，在淡然中散发着幽香。这些来自心灵的声音，无论是细微还是洪大，无论是简约还是宁静，都流溢着生命智慧的芬芳：有清醒的选择，有真切的沟通，有勇敢的承诺，有诚信的兑付，有铿锵的放下，有坚毅的擎起，有善良的呼声，有正义的呐喊。生命不分卑微和高贵，同样，来自心灵的声音，也不应该有重要和次要之分，无论是极幽微的一丝，还是极飘忽的一缕，只要是真切来自我们的内心，就必须认真地倾听。

真正的活着，该是为心灵的自由而恬淡活着的，是为心灵的愉悦和轻松而活着的。就像锋光闪烁给利刃，就像雾岚依偎给险峰，就像彩虹装点给云霓，就像驼铃悦耳给大漠。物质的世界纷纭烦扰，欲望和目标，就像一个个鲜艳而诱人的钓饵，逗引着我们为此不知疲惫地奔波和辗转。只有心灵，在一个静谧的午后，像一个忠实的朋友，拉着我们的手，空谷，石几，几缕茶香，邀我们坐下来，放松下来，做短暂的休憩；也是心灵，在飞舞的红尘的面前，理智地提醒我们，为自己爱的而爱，不去泛滥自己的感情；还是心灵，在起落浮沉的世事面前，告诉我们，跌倒时扶人一把，口渴时为别人送上一瓢水，力所能及地去帮助别人，在哪怕是极细微的小事上，也要拿出善良，拿出宽容，拿出挚诚，拿出人性中所有闪耀着光辉的部分。

是的，心灵会告诉我们，什么该不计成败地追求，什么该淡然放弃；哪些节操必须死死坚守，哪些人值得我们等到皓首庞眉。这一切，都需要我们张开善于倾听的耳朵，伸出所有灵性的触觉，去倾听去感知我们的心灵。

用心倾听吧，在这最真切的声音的引领下，活出最灿烂的自己。

蝈蝈的生存哲学

去市里办事，打的，刚上车，就听到了一阵异样的叫声。

"吱——，吱吱——"，应该是蝈蝈的声音。这隆冬时节，哪里会有蝈蝈？我四下里找，心想，可能是一个电子玩意儿发出的声响吧。

司机师傅看出了我的心思，说："你是在找蝈蝈吧。"我点头"嗯"了一声。他拍了拍自己的腰，说："在这里呢。"见我满脸狐疑，师傅一撩衣襟，只见他的毛衣里，鼓鼓地揣着一个筒形的东西。

师傅放下衣襟，笑笑说："贴着我肚子的，是个竹笼子，你要找的蝈蝈就在里边呢。"

我说："大冬天的，怎么会有这玩意儿？"师傅看了我一眼，说："花鸟市场上有卖的呢，有贵的，有便宜的，我这只三元，是最便宜的。""这么冷的天气，它怎么活下来啊？"我表达着自己的诧异和不解。"这个玩意儿啊，好养活。开出租车是个累活，有它的叫声做伴，解乏，也解闷。"

"蝈蝈这种东西活得傻。"师傅一边开车，一边和我念叨蝈蝈的事情，"它几乎什么都吃，白菜帮子，烂青菜叶，甚至，你给它一根葱，一头蒜，它也吃。饿几顿也行，吃撑着了也没事，好养活着呢。"

"那它需要喂水吗？"我不失时机地问。"需要，但也是有一顿没一顿的，即便两三天，你不管它，它也没事。这个小东西，按说大冬天的，它活着不容易，可是只要暖和点，别冻着它，它就快乐地为你叫个不停。有一天晚上，我把它放在暖气管旁边，它竟然叫了一宿。"

"我喜欢蝈蝈，就是喜欢上了它的这种傻活法。人这一辈子，要都像蝈蝈，就没有烦恼了。"说到这里，师傅笑了笑，说，"不怕你笑话，我一直以蝈蝈的活法自勉呢。"

他见我一愣，笑笑："不瞒你说，我家里的情况并不好，妻子下岗好几年了，一直在街上摆地摊，风里雨里的，挣几个零花钱。我开出租的钱，几乎都花在两个上中学的孩子身上了。家里还有一个瘫痪在床的老母亲，药瓶药罐的，也已经好多年了。"

接下来的路途中，师傅为我讲述他人生中遭遇过的种种苦与不幸，然而，从他的语气中，我并没有听出多少抱怨与哀叹。

我说："人这一辈子，活着真难。"师傅说："其实，也难也不难，要都像蝈蝈这么活着，不会有多少不开心的事情。你看我们家，苦是苦了点，每天晚餐的时候，一家人围坐在一起吃饭，有说有笑的，日子也一样有滋有味地过……"

　　这个世界上，尊卑贵贱，各色人等，有计较蜗角虚名的，有不放蝇头小利的，明争暗算，钩心斗角，忙忙碌碌到最后，身疲惫，心憔悴，错过了天蓝，错过了云白，名缰利锁，让他们失去了太多太多。而眼前的这位师傅，却把蝈蝈的傻，奉为生存的哲学。**苦也好，难也罢，不苛责自己，也不苛责生活，在平和中，寻觅着底层生活的自足与幸福，这才是活着的大智慧啊。**

　　我下车的时候，蝈蝈的叫声又起，"吱——，吱吱——"，这是一只蛰伏在尘世的蝈蝈对生活的快乐宣言。

隔着苦痛，问候甜蜜

人活一辈子，不会总有清风朗月相随，不会总有柳绿花红相伴。总有一些劫难，一些苦痛，需要我们去经受，去承担。

物质世界的种种欲望，像条条无形的绳索，捆在心上，纠缠着，束缚着，折磨着。这苦痛，由身体到心灵，再由心灵到身体，交融在一起，缠绕在一起，分不清是苦在心里，还是痛在身上，总之是甩也甩不开，逃也逃不掉。

就像是一个无法摆脱的魔咒。

然而，它只是一道绳索，一道捆在心上的绳索，因此，这个魔咒又是可解的：这一刻解不开，下一刻可以解开；这个地方解不开，换一个环境可以解开；愚笨的人解不开，有智慧的人可以解开。

所以，这个世界有不尽的阳光，有不断的河流，却没有永驻的苦痛。

有一种苦痛，是常人无法想象的。

这种苦痛，就像一个人走在漫漫黑夜里，周遭是一片死寂，什么也看不见，无论前路与归程；什么也听不到，哪怕是自己的心跳；

什么也触摸不到，甚至是自己的足迹。那是一种莫名的心悸与恐慌的混合，是一种无法言说的折磨与煎熬的交杂。

人在这种时候，心是一座空房子，空得没有空气没有尘埃，只有空；甚至，就连这座空房子也是悬置着的，飘浮着的，永远没有着落。

其实，这是一个人在自我的精神世界里迷了路，然后，去寻找同样迷了路的灵魂。

这注定是一场马拉松式的精神折磨，这注定是一场心灵深处的慢性自杀。这种痛苦，是痛苦的加法，是痛苦的乘法，是超越了痛苦本身的痛苦。

在无涯的岁月里，在我们看不见的远方，一定有人在经历着这种痛。这是一种寂寞的痛，没有回音，只有绝响。

有一种人，像一叶小舟，漂流在尘世的汪洋大海上，不知道该往哪一个方向去。海面上，船来船往，无数的船，闯出无数条路，只有这一叶舟，漫无目的，随风飘摇，随波逐流。这种人，就是那些庸庸碌碌活得没有目标的人。他们活在这个世界上，不求大理想，只思小温饱，没有大痛苦，只有小惆怅，精神生活相对单调而贫瘠。

与之正相反的另一类人，他们内在的精神世界昂然蓬勃，而整个外在世界对于他们来说又太过萧索枯寂，"花间一壶酒，独酌无相亲"，于是，只好茕茕孑立，形影相吊。这一类人，就是孤独的人。在孤独者看来，不是他们走到了这个世界的背面，而是这个世界与他们背道而驰。

所以，真正的孤独者也是痛苦的，而且这样的痛苦难以排遣。能够排遣这种痛苦并能从这种痛苦中走出来的孤独者，最后不是成了圣人，就是成了哲学家。

在一定意义上讲，活着，就是一种痛苦。然而，上苍在生活的苦痛中拌了糖和蜜，让你在承受苦痛的同时，还能偶得人生的甜蜜。

活在这个世界上并且总是很快乐的人，都是有智慧的人。他们常常把苦痛随手丢在风中，把幸福放大了藏在心里。于是，在他们看来，活着，原本没有痛苦，只是在不尽地享受甜蜜。

散佚在时光中的错误

时光就像旧墙根下的苔痕，一寸，一寸，低眉回首间，一切都老了。

然而，就在这一寸一寸的光阴里，掩藏着人生长长短短的故事。隔着时空的烟尘往回看，这些故事像旧年夜晚路灯下的光晕，朦胧已经不在，虚幻早已散去，而触动心弦的部分，则在眼前愈加清晰地浮现出来。

记得，高中的时候，有一个姓张的同学，患口腔溃疡，舌头上、口腔四壁，多是白白的溃疡面，疼得他总是咝咝啦啦地吸凉气。印象中，他吃过好多药。冬天，他不上课，在宿舍的炉火上熬药，最后把药渣倒在宿舍的窗台上，黑黑的晒一溜，空气中泛着淡淡的草药的气息。那时候小，不懂得这是人生的一种痛，常和这位同学开一些和病有关的玩笑，吓唬他。每每这种时候，同学就苦苦地笑过，然后便低下头，默默地，一遍又一遍地搅和着药罐里的药。

在大同打工的时候，做小工的人群中，曾遇到过一个小伙子。碰上阴天下雨，或者工歇，我们常在刚盖成的楼里，用木头棍和石头子玩一种叫"狼吃羊"的游戏。那一段时间，没考上大学的我，感觉前途渺茫，人生百无聊赖，特别消沉。他就不断地劝我，希望我能在消沉中振作起来。黄昏中，夕阳残照的余晖里，有我们携手并行的背影；无月的晚上，在蚊子低回的脚手架下，有我们的喁喁私语。他总说，没事，不行就复习，总有考上的时候。这差不多是那一段时间，我听得最多的一句话。

毕业之后，我曾在一家企业给老板当过一段时间文秘。说是文秘，其实是打杂。有一次，车间忙得紧，我们去帮忙。正赶上有一批产品将出厂，正在最后调试阶段。地板上，纵横着的全是电线。一不小心，我的一只脚绊在了一根电线上，被绊了个趔趄，紧接着调试那边的产品全部停了电。当时老板正在调试的产品前，他回头一看是我，脸立刻变成猪肝色。

"你干什么呢？！"他怒吼道。

"我……"我支支吾吾，"我没看着。"

"没看着？！"老板看着我，依旧满脸的愤怒，"我还以为，地上有五分钱，你要急着去捡呢。"

那一刻，我仿佛被羞辱了祖宗，自尊心受到了极大的伤害。我正要回击他，离我不远的一个副总工程师站起来，说：
"老板，不怨他，就在他绊线之前，我断了电源。因为
我这里有一个数据误操作了，情急之中，就断了电源。"
老板干笑了一下，就头也不回地走了。只剩下我，一
个人傻在那里。

行走在幽深的时光长巷中，总有一些人，与我们
相伴走到最后，也总有一些人，会成为我们生命中的
过客。然而，就是这些在生命中一闪即逝的过客，或
多或少地影响了我们的生活，也让我们的心中留下愧
疚和遗恨。记得，那些年，我们常和那位同学开一些
死呀活呀的玩笑，等我成年后，身边有人因为口腔溃
疡发展成绝症时，我的心中就一惊，怕恰恰有厄运降
临到同学的身上，于是开始嫌恨自己的乌鸦嘴。那一
年，考上大学后，我曾经固执地认为，之所以考上大
学，是因为打工的艰苦对我的触动，包括我的亲戚朋
友也这样认为。后来，当我不再懵懂，当一些事实的
真相清晰地融化在内心，我才明白，是那个小伙子给
了我生命的触动，给了我人生的信心和希望。当然了，
包括那次断电事件，此后多少年，我的内心一直对老
板耿耿于怀，却忘了对那位副总工程师的感恩。

那些散佚在时光中的错误，不会随风散去，而是会以愧疚、悲痛和伤感的形式蛰伏起来。等到有一天，我们像一棵虬枝纵横的老树沉稳地站立在秋阳中，看清了尘世的一些事情，并开始意识到愧疚，感受到伤感，感知到伤痛时，那一刻，我们就真正懂得了人生中的对与错，懂得了生命中所有擦肩而过的人曾经给予我们的一切。

人生是一门控制的艺术

那段日子，朋友的心中始终涌动着一团怒火。

他总觉得单位的一个领导成心为难他，与他过不去。工作上，处处找他的麻烦；考勤上，似乎有意只盯着他；就连奖金，有几次也无端被扣。更让朋友不能接受的是，有几次开大会，这个领导竟当着单位近百号人的面指名道姓地批评他。

朋友觉得，这是对他的欺负。怒火，在朋友的胸中熊熊燃烧，已经到了不可遏制的地步。朋友认为"士可杀不可辱"，人活一口气，与其这样受气苟活着，不如与对方拼了。

朋友开始策划报复。他还制订了一个"计划"——在本子上写"正"字。对方每欺负他一次，他就在本上画上一画。朋友决定，当他写到第十个"正"字的时候，就与对方拼了。

用朋友的话说，他之所以这样做，是想给自己一个机会，也给那个可恶的领导一个机会！

那些日子，朋友每写下一画，都咬牙切齿。他觉得，每一画里，都淬进了他的屈辱、鲜血和怒火。而且，每一画，都仿佛要从纸上斜刺出来，幻化成一把剑、一把刀。他胸中的火山，已经到了喷发的边缘。那些天，他所有的心绪，都和报复有关。满脑子里，只重复着一个词：报复，报复，报复。

然而，在单位后来的一次搬家中，他写"正"字的那个本子竟然丢了。他找了半天也没有找到。本子上到底写了几个"正"字，他自己也忘了。他有点恼火，也有点泄气，他不知道这是上天的旨意，还是命运有意捉弄他。

不久，单位班子调整。那位领导被削职为民，而朋友竟戏剧般地成了单位的一个小头目，而且，还管着这个不共戴天的仇人。他完全可以凭借自己手中的权力，以同样甚至更狠毒的方式去打击报复这个仇人。然而，那一刻，他竟出奇地平静了下来——他突然没有心思去报复这个仇人了。

朋友说，真正平静下来之后，他发现，有时候，有些事，也并不完全怪那个领导，是他自己做得不好。而且越是闹情绪，越是拧着劲对着干。更重要的是，隔了一段时间回头再看，当时觉得伤了尊严需要拼了性命去争取的东西，放在人生的大背景中去看，实在是鸡毛蒜皮，不值得一提。

这是发生在朋友身上的真实故事。朋友不无感慨地说："人活一辈子，不如意常八九。如果碰上了让自己生气的人、生气的事，也不要死钻牛角尖，要学会控制。魔鬼与天使，有时候，仅一步之隔。

说实话，我现在很感谢那个欺负过我的人，他给我的人生上了一课。"

或许，我们的人生，也曾有过与我的朋友相类似的经历。实际上，活在这个世界上，我们都需要一种超越得失之上的隐忍，需要一种对生命、对人生冷静把握和从容掌控的态度。火气太大了，最后烧伤的，往往只会是我们自己。虽然，我们不能像《圣经》中所说的"有人打了你的左脸，把右脸也伸出来给他"那样，但是我们必须要足够的大度和宽容，去最大限度地包容这个世界。本来，有许多人可以成就大事情，却因为睚眦必报，斤斤计较，而迷失在人生琐碎的得失上，最后，一无所成。

那天，朋友和我说的最后一席话是："现在，我都不敢想，我要真的和他拼了，我连性命都丢了，你说，我赢得的尊严又有什么用呢？"看来，人生啊，实在是一门控制的艺术。

别在盲目中迷失了自己

丰子恺先生可谓智者，无论作画，还是作文，疏淡之间，人生意趣顿生，让人拍手叫绝。

比如，他有这样一段文字：

花台里生出三枝扁豆秧来。我把它们移种到一块空地上，并且用竹竿搭一个棚，以扶植它们。每天清晨为它们整理枝叶，看它们欣欣向荣，自然发生一种兴味。那蔓好像一个触手，具有可惊的攀缘力。但究竟因为不生眼睛，只管盲目地向上发展，有时会钻进竹竿的裂缝里，回不出来，看了令人发笑。有时一根长条独自脱离了棚，颤袅地向空中伸展，好像一个摸不着壁的盲子，看了又很可怜。

淡淡笑过，却也并不轻松。事实上，好多人活着活着，就活脱像那蔓一般了。要么"钻进竹竿的裂缝里，回不出来"，要么"颤袅地向空中伸展，好像一个摸不着壁的盲子"。**更多的时候，我们并不缺乏向上的勇气和毅力，甚至我们把方向都找对了，却因了没有一个贴近的目标去追求，而陷入一种虚空的悲剧境地。**

　　先生的文字妙智妙慧，一番浸润之后，如醍醐灌顶。还有这样一段，不妨述与大家：

　　有一回我画一个人牵两只羊，画了两根绳子。有一位先生教我："绳子只要画一根。牵了一只羊，后面的都会跟来。"我恍悟自己阅历太少。后来留心观察，看见果然：前头牵了一只羊走，后面数十只羊都会跟去。哪怕走向屠场，没有一只羊肯离群众而另觅生路的。后来看见鸭也如此。赶鸭的人把数百只鸭放在河里，不须用绳子系住，群鸭自能互相追随，聚在一块。上岸的时候，赶鸭的人只要赶上一二只，其余的都会跟了上岸。即便在四通八达的港口，没有一只鸭肯离群众而走自己的路的。

　　仔细想过，这确也是一条隐在尘世中的绳索，牵着在生活中迷乱的人们。我们每天急匆匆地跟在一件事的后面，追逐一些看不见的东西，实际是在奔赴一个别人成功过的目标，重复别人走过的路，在别人嚼剩的残渣中寻觅零星的营养。可惜，在人生的路上，人世间能有几人寂寂地另辟蹊径？

　　最可怕的是，有时我们盲目到顽愚的地步。眼看着跟着别人一步一步走向了人生的绝境，有人在旁暗示，哪承料得，走的人脖子一挺，说，天塌大家死，我怕什么。

　　丰子恺先生的两段文字，都说的是盲目的悲剧，但我以为，后者是更大的悲剧，并不仅仅因为数目众多，更因为这些生命已在盲目中迷失了自己。

三句话，献给深陷春天的你

孩子，高考前的这个春天，对你来说，注定是一个"伤筋动骨"的春天。此刻，你正处在深深的焦虑之中，失眠，头痛，无法集中注意力，幻象频现。这一切，像恶魔的左右手，轮番地摧残着你。为此，你自卑，落泪，悲观甚至绝望。孩子，我有三句话，想说与你听，也许，会对你有一些帮助。

生活是公平的

孩子，每个人看到的，都是生活的表象。我们永远无法深入的，是他人的内心。

你抱怨生活不公平。你说，大家都好好的，唯有你，受着心底的煎熬和折磨。孩子，请你不要这样想。生活对谁，都是一样的。我是说，在距高考有限的时日里，谁都会有压力，谁都会紧张，谁都会情绪低迷，只是，这一切，从平静的表象上是看不出来的。

就像现在，你来找我，我才知道，你的心情并不好。而在这之前，我从你的脸上，是读不出这些的。就在昨天，也有一个学生来找我谈心，也是因为同样的问题。如果我不告诉你，你能知道他也正在痛苦中挣扎吗？所以，你说，（班里的）同学们都学得很静，唯有你躁动着静不下心来。而实际的情况呢，大家的内心都在翻江倒海，都在经历着煎熬和挣扎，只不过，是你勇于向我说出来罢了。

有一个百万富翁，一夜之间倾家荡产，他万念俱灰，觉得自己没法活下去了，恍惚中，他想到了死。然而，过了些日子，当他听说另一个富翁锒铛入狱后，他平静了，也释然了，因为他发现，他并不是最倒霉的。尽管他过得很拮据，但起码是平顺的。

一个人内心平衡了，就容易平静下来。

孩子，我讲这个故事的意思是，其实，好多同学都在痛苦的泥淖中挣扎着，既然大家都这样，你也就没必要太在意它，以一颗平常心对待发生在生命里的这一切，放眼前方，你就会顺利地度过这一段艰难的日子。

学会和恶魔交朋友

孩子，如果有一个无形的恶魔进驻到你心里，搅扰着你，让你心神不宁，坐卧不安，记住，你要学会和它交朋友。

你不要和它较劲，更不要跟它翻脸，否则的话，受伤害的只会是你自己。你要和颜悦色地对待它，与它握手，对它微笑，同它交心，总之，你要友好地和它相处。

有一年，也是一个毕业的春天，一个学生兴高采烈地找到我，说："老师，看来，对谁好都会有意义。这一段日子，我不和（心底的）那个恶魔对着干了，我真心实意地和它交朋友，结果，我发现，我的心情竟然好了很多。"找我的这个学生也曾经有过严重的焦虑，然而，那一年，他不仅顺利地毕业了，而且，直到现在，都生活得很好。

孩子，这是一个过来人的经验，值得你去借鉴。事实上，进驻到你内心的，并不是真正的恶魔，它原本是你心底的朋友。只不过，它在人生的这一段，鬼使神差，走到了你人生的背面，幻化出了一副恶魔的嘴脸。

它也许还会每天捣乱，在你本已纷乱如麻的心里绾上一个痛苦的结。如果你和它急，这一个结就会变成无数个结，让你永远也解不完。所以，你不要想着去赢它，你要学会心平气和地面对它，轻挽起它的手臂，与它并肩同行，你会发现，你在无心赢它的时候，不知不觉中，你却赢了自己。

而这，就够了。

只要你肯拿出点智慧来，变换一种方式去想，去做，无论是心底里，还是身边，就不会有什么恶魔和敌人，处好了，它们都是朋友。

一切都会过去

孩子，一个人在长大的过程中，总是要经历些风雨的。

而经历风雨的过程，就是长大的过程，就是一个人走向心智成熟的过程。从这个意义上讲，现在你所经历的，恰恰正是你的人生所必需的。

我有一个学生，上学的时候，家境不好，在别人的帮助下才勉强读完大学。不幸的是，成家立业后，他的孩子患上了一种难医的疾病。他和妻子背着孩子几乎跑遍了全国各地，孩子的病情也没有丝毫好转。几年下来，家徒四壁，债台高筑。我去看望他，他笑着说："老师，我没事，我是从困难中走过来的人，我什么也不怕！"

那一刻，我握着他的手，泪流满面。

是的，真正从人生的困境中走出来的人，是无所畏惧的。困难吓不倒他，苦痛摧不垮他，这样的人，只会活得更加坚定，也更加坚强。因为，困难于他，是一种煎熬，也是一次历练；是一场折磨，更是一次浴火重生。

孩子，你要敢于大声地向生活宣告：让痛苦来得更猛烈些吧！你要学会迎着风雨而上，你要学会踏着烈火前进，然后，磨砺自己，成为一个强大到不可摧毁的人。

一切都会过去的。无论多难的苦，多苦的难，都会过去的。

而从这困难中走过来，你才算真正活过，才算真正长大，最终，才会成为一个顶天立地的人。

第四辑

邂逅人生最美的风景

温一壶等待，慢品人生

曾读过这样一个故事。

从前有个年轻的农夫，与情人约会，由于他来得早，而性子又急，就坐在一棵大树下长吁短叹起来。这时候，一个侏儒出现在他面前。"我知道，你为什么闷闷不乐。"侏儒说，"拿着这枚纽扣，把它缝在衣服上，遇到不得不等待的时候，只消将纽扣向右一转，你就能跳过时间，要多远有多远。"

农夫很高兴，试着一转：情人出现了，正向他暗送秋波。他心里想，要是现在能进行婚礼，那就更好了。他又转了一下：隆重的婚礼，丰盛的酒席，他和情人并肩而坐，周围管乐齐鸣，悠扬醉人。他抬起头，盯着妻子的眸子。又想，现在要只有我俩该多好，他悄悄地转动了一下纽扣：立时夜阑人静……

他飞速地转动纽扣，他有了儿子，后来又有了孙子，转眼之间已是儿孙满堂。而他已是老态龙钟，衰卧病榻，他再也不想转动纽扣了，因为死亡的恐惧已经深深地包围了他。

他多想再回到从前啊！正当他万念俱灰的时候，他试着将身上的纽扣向左一转，奇迹发生了，他又回到了那棵生机勃勃的树下，等着可爱的情人。这一次，他学会了等待，他觉得沐浴在和暖的阳光下，听着鸟鸣，看着草间蝶在飞舞，等着自己的情人，是多么幸福的一件事啊！

读这个故事的那一年，我正是一个二十几岁的毛头小伙子，也正为自己的工作没有着落而等待着。那是一个极其漫长的秋天，我在等待中浮躁、心烦、失望，甚至心灰意冷，读到这个醍醐灌顶的故事后，我的心顿时豁然开朗。

的确，人生就需要这样一个等待的过程。在这个过程中，没有一蹴而就的成功，也没有信手拈来的幸福。所有的东西都要我们付出艰辛去追求，付出汗水去培育，付出耐心去等待。**正是等待，删减了一种简单，淡去了一种平庸，使我们觉得期盼来的东西是多么来之不易；也正是经过了漫长的等待，使我们更加珍惜因等待而得来的结果，从而更加珍爱生活，珍视生命。**

谁的手中也不可能有那颗神奇的纽扣。因此，我们不妨平心静气地坐下来，温这样一壶等待的淡酒，慢品人生。

总有一扇门为你而开

你要相信，这个世界上，总有一扇门为你而开。

当学业一团糟的时候，当生活举步维艰的时候，当失败接踵而至的时候，当烦恼挥之不去的时候，当苦痛无法排遣的时候，你要相信，这个世界上，总有一扇门为你而开。只要你打开这扇门，学业就会峰回路转，生活就会柳暗花明，成功就会悄然光顾，烦恼就会一扫而光，苦痛就会烟消云散。

也许这扇门正虚掩着，需要你赋予自己力量和胆魄，果敢地把它推开；也许这扇门与众不同，需要你赋予自己方法和技巧，换一种方式把它打开；也许这扇门正被烟锁雾笼，需要你赋予自己多一些时间和耐心，等到天晴气朗后打开；也许这扇门敞开在另一条路上，需要你赋予自己智慧和眼光，及时改变自己行进的方向才能打开；也许这扇门已经被我们悄然错过，需要你赋予自己敏锐的洞察和清醒的感知，勇毅地重走回头路，才能把它打开。

一帆风顺的路途固然令人向往，但缺少了起伏与坎坷，这样的路底蕴不会厚重；直视无碍的景致固然一览无遗，但缺少了曲折与回环，这样的景致难以荡气回肠。所以，没必要畏惧生活的艰险，也没必要害怕人生的失败，或许这就是生活对你的砥砺，或许这就是生活对你的锤炼。然后，艰难困苦，玉汝于成。是的，**只要你不放弃自己，总会有一扇成功的门为你而开，而过去的一切，在你跨过这扇门后，都会成为你精神背囊里最宝贵的财富。**

找到一个解题的角度，知识会为你打开一扇门；结识一个知心朋友，友情会为你打开一扇门；抓住一个擦肩而过的机遇，事业会为你打开一扇门；发现一种快乐的生活方式，情趣会为你打开一扇门；适时地拱让对手，谦逊会为你打开一扇门；乐观地帮助别人，爱心会为你打开一扇门。一扇门后面就是一条路，这条路不仅可以愉悦你的心灵，也会最终引领你抵达生活的彼岸。

没有雄鹰飞不过的高山，没有水手征服不了的江河。同样，生活中，也不会有你无法赢取的目标。实际上，从你开始追求理想的那一刻起，一扇门，就已经等在了你前行的路上。它不会背离你，也不会丢弃你，它始终不渝地等着你，只不过有时候，你需要多付出一些耐心和艰辛罢了。

只要你对生活的希望没有泯灭，只要你的心门没有关上，这个世界上，总有一扇门会为你而开。

良知，是荷底的风声

一本传记里，一位老人给我留下了深刻的印象。

老人是一位医术精湛的医生，虽然身居闹市，但他一生中待得最多的地方是乡村。他所结识的人当中，最多的不是高官政要，不是富豪商贾，而是偏僻乡村的那些农民。

"穷人看不起病，他们更需要帮助。"这是老人说得最多的一句话。他说，只有在乡下，他才会心安。于是，乡下的田间地头，茅檐瓦舍下，矮床土炕上，到处都有他为农民看病的身影。农民们说："我们不敬神，他是我们唯一尊奉的客人。"

他死之后，好多人去为他送葬。他的墓碑上刻着这样一句话：一个有爱的人，他已经睡着了，但一个医生的良知，却永远醒在这个世界上。

在那个贫苦的年代，有一家人穷得揭不开锅，老人孩子饿得奄奄一息。亲戚朋友们都躲得远远的，生怕这家人向他们伸出手，乞要什么。然而，一位平素与这家人交往不多的邻居，却拿出自己仅有的一袋米，分出一半，给了这家人。很快，这个邻居也无米下锅，孩子饿得嗷嗷直叫。有人笑话这个邻居，说他傻。这个邻居瞪大眼睛说："他们饿得快不行了，我拿出粮食给他们吃，傻在哪里？！"

我所认识的一位基层的人大代表，因为关心民生疾苦，深得人们的拥戴。在每一次会议上，他提的问题，都以尖锐而闻名。他说："我不怕得罪人，我是人民选出来的代表，就要为人民说话。"他说，他最喜欢一位作家写过的一首诗。好多次，我都听到过他铿锵有力的朗诵：

> 如果，这个世界都近视了，
>
> 我愿站在高处，握住你的手，
>
> 告诉你我看到的一切。
>
> 如果，这个世界的耳朵都被堵塞了，
>
> 我愿变成风，掠过你的耳底，
>
> 亲口说出真相。
>
> 如果，这个世界被扭曲了，
>
> 我愿站直自己，挺起骨骼和灵魂。
>
> 我的血脉里奔涌着良知，
>
> 而良知，是照彻穹宇的闪电……

一个有良知的人，常常醒在这个世界上，为他人的疼痛醒着，为他人的苦难醒着。他们疼痛着别人的疼痛，牵挂着别人的苦难，吃不下，睡不着，寝食不安。所以，一个有良知的人，不会是一个自私的生命，他们有着强烈的责任感和使命感，心怀天下，悲悯苍生。

良知，是荷底的风声。一阵清风刮过，满池的翠荷，摇曳生姿，楚楚动人，流转飘摇出生命之大美。而一个人的良知，也像这荷底的风声啊，你看，与它相伴的人，都是行走在这个世界上的最美的生命。

长成一棵伟岸的大树

一只蝉在水泥路面上仰躺着，振动着翅膀，想翻转过身体来，几次挣扎都没有成功。一个小女孩蹲下身子，盯着它看了一会儿。然后，她便很小心地轻捏住它的身子，把它翻转了过来。

路上是来来往往的行人。

"秋天了，恐怕它活不长了吧。"是一个大人的声音，含着经历了岁月之后的无奈和苍凉。小女孩缓缓站起来，一转身，把蝉放到路边一棵梧桐树粗糙的树干上。

然后，女孩像是回答，又像是自言自语："它还会活着的，你听风中，它们还在歌唱。"

这是我所写的文章中的片段。我对这个孩子充满着敬意，只为她的心中如花绽放的善念。

在我看来，**一个孩子，若心中生了善念，就像是在成长的路上撒下了种子，不仅生活会为她的人生长出满眼的苍翠，更重要的是，整个世界，都会因了这葱茏和苍翠的善而悄悄发生改变。**

善，是做人之始。人类的厚道、正直、公允、谦和都萌发在这胚芽之中，然后，才长成参天大树。我们能够听到最美妙的天籁，就是时间的风呼啸掠过这树梢发出的声音。

这声音绵延悠长，不绝如缕，才是世界生生不息的原动力。

先做人，后做事。尘世为人类开启的第一扇门，是道德之门。学会做人，就是在道德的规范内行事。这扇门的背后，道德的山水萦绕，白云出岫，百鸟和鸣。一个人，从孩提时代开始，只有经历道德的熏陶与惠泽，才能真正出落为一个优秀的人，一个顶天立地的人。

道德于人，不是一种约束，而是一种规范。道德是阳光，是烛火，它驱散人心中的黑暗与阴霾，引领人走向灿烂和光明。道德也是月光的清辉，弥散在心灵的原野，让心变得澄澈纯净，不染杂尘。所以，对一个人来说，学会做人的本质，不是颠覆，而是拯救，不是改变，而是完善。只有懂得做人的人，才能与这个社会完美地融入。

人类的迷失，最容易从童年开始。后一个脚印的迷失，是从前一个脚印开始的。蹒跚的步履中，不是没有方向，而是有许许多多方向。迈步走向哪里，看起来只是一小步，却是成长的一大步，甚至是人生至关重要的一步。所以，做一个怎样的人，是一个人从小就要确立的目标和方向。

沙滩上的足迹，可以被海浪抚平；大地上的脚印，可以被狂风扫尽。然而，人生的路，走错了，却不能返回重走。只有从小就学会做人的人，才会在正确的道路上，走出非同凡响的人生来。因为诚挚、善良、忠诚、谦逊、公正，这一切优良的美德，会让他赢得朋友的肯定，赢得对手的赞赏，进而赢得整个世界。

翻开青史，那些流芳千古的人，无一例外，都是堂堂正正的人，才成为了后世的楷模和典范。褊狭、自私、肮脏、卑琐，与他们无关。

一个人行走在这个世界上，怀瑾握瑜，环佩叮当，流转着美玉的光华，摇曳着香草的气息。而美德，就是这香草和美玉。一个人拥有的美德越多，就会越从容，越自信。而做人的最高境界，就是最大可能地拥有这些美德。实际上，人生的一道道亮丽的风景，就是美德在生活中摇曳生姿而形成的。

学会了做人，才算真正有了支撑我们行走在天地之间的筋骨，仿佛花清香扑鼻，仿佛水光影激滟。说到底，做人，是底色，是精神，也是魂魄。

我们彼此终生相拥

　　每有余暇，他第一要做的，就是坐在书房里安静地喝茶。

　　家里有一套唐山陶瓷，纯白色，纤薄而精致，是咖啡具。然而，更多的时候，他用它来喝茶，常常是一人，一几，一壶，三杯。

　　记得，最初使用这套瓷具，喝的是咖啡。那是个冬日的晚上，屋外大雪纷飞，屋内暖气烧得正足。他、妻子、儿子围坐在一起，拿出久置的"雀巢"。泡出浓浓的一壶来，一人一口轻轻啜饮起来。那一天，他和妻认真地谈了一些事，过去的，以及未来的，儿子呢，坐在一边安静地听。那个晚上，空气中跳跃着咖啡香味之外的东西，朴素，浓烈，而又不易捕捉。他第一次感觉到，一个生命，与另外的生命，簇拥的温暖。

　　以后的日子里，一个人喝茶的时候居多。但是，三只杯子仍一只不少地簇拥在壶的周围。他喜欢它们围聚在一起的感觉，像三只乖巧的小兔。他端起其中的一只来，仿佛都牵动着其他两只的视线、神经与血脉，不可分割，不能离弃。

有一次，他邀来好友几个，谈文学兴废。把以前未曾用过的几个杯子找出来，依旧是喝茶。盏起盏落之间，他一下子觉得凌乱了许多，拥挤，嘈杂，喧嚣。好容易等到曲终人散，一番洗涤过后，他迫不及待地从几乎一样的几个杯子中，找出了那厮守了许久的三只。

即便它们混杂在千军万马之中，他也会一眼认出它们。因为，在它们的身上，已经携了他的气息，藏了他的呼吸，倾注了他的情感，彼此已经熟识到心灵相通，生命交融。

又有一次，邻居家的小女孩来，看到了这三只杯子，摆弄着玩。丁零当啷的，一声声仿佛都敲击在他的心上。他曾经试图给孩子其他的东西，好吸引开她的注意力。然而，孩子始终不为所动。终于，他有些愤怒了，厉声呵斥了这个小女孩。孩子被吓哭了，因为她没有看到过如此严厉的他。他也不知道为什么，要对一个孩子如此发怒。或许在内心里，这三个杯子，已经成为他生命中最需要呵护的东西。他不想让人随意打扰它们，玩弄它们，甚至践踏它们。

这实在是很普通的三只杯子。每一个闲适的周末上午，每一个有余暇的假日黄昏，他要么细细擦拭，要么泡壶香茗轻轻啜饮。之后，他再让这三只杯子暖暖地簇拥在一起。他喜欢它们这样。

他有时候想，这三只杯子，应该是三个生命吧，一个是他，一个是妻子，一个是儿子，而围绕在中间的白色坚挺的茶壶，则是家，是温暖，是幸福，是一种和谐的永恒。

美好，盛装莅临

等一个美好

不要急着要生活给予你所有的答案，有时候，你要拿出耐心等等。生活总会给你答案，但不会马上把一切都告诉你。

这才有滋味。这才会等到滋味。譬如，一朵花的开放，一树翠绿的长成，生活的美好，是在我们的等待中一点一点接近我们的。所以，如果你是一个急性子，希望不要苛求生活为你变成急脾气。请让它在慢条斯理中，为你孕育美好。

一个旅人，行走在路上。在一条大河旁，他看到了一个婆婆，正在为渡水而发愁。已经精疲力竭的他，用尽浑身的气力，帮婆婆渡过了河，结果，过河之后，婆婆什么也没说，就匆匆走了。

旅人很懊悔。他觉得，不值得耗尽气力去帮助婆婆，因为他连"谢谢"两个字都没有得到。哪知道，几小时后，就在他寸步难行的时候，一个年轻人追上了他。年轻人说："谢谢你帮了我的祖母，祖母嘱咐我带些东西来，说你用得着。"说完后，年轻人拿出了干粮，并把胯下的马，也交给了他。

岁月是一棵枝柯纵横的巨树。而生命，是其中飞进飞出的雀子。如果哪一天，你遭遇了人生的冷风冻雨，心灵已经不堪承受，那么，也请你等一等，要知道，这棵巨树正在生活的背风处，为你站出一种春天的气象，一点一点靠近你。

是的，只要你肯等一等，生活的美好，总在你不经意的时候，盛装莅临。

感知一颗心灵

临渊问水，可得鱼之甘苦。捕捉生活细节，可以感知一颗心灵的善良与美丽。

有一个叫彦玲的高三女孩，家境贫寒，去食堂买两个最便宜的菜包子，便是她一天的伙食。而且，吃的时候从不当着大家的面吃。她总是要等午休的时候，班里的学生走得差不多了，才悄悄地拿出来吃掉。

好多学生不理解她的这种做法，甚至有的学生说她有些虚荣。大家都说，贫穷并不可耻，遮掩自己的贫穷才是可耻的。但彦玲不以为意，依旧在班里的同学走得差不多了，才把包子拿出来吃掉。

央视新闻频道的记者采访她，谈到了这一细节。她说："那个菜包子的味道很呛，很难闻，我等到大家走了之后再吃，只是怕大家闻到那个难闻的味道，不想让大家跟我一起受罪。"

　　一颗露珠，不会在叶梢上驻留太久，却可以在一瞬间辉映整个世界。真正善良的心灵，是藏在云间的润雨，是伏在林间的惠风，默默地把清爽与润泽送上人的心田之后，便转身逝去，不留下一丝印痕。

醒世脱俗的虫子

我的一天，是从幽曲的洞穴中探出头的那一刻开始的。

我不会计较这是一个早晨还是中午，没有什么要求我必须在什么时候钻出来，我持着自由的心性，伸完一个懒腰，打过一个呵欠，让明媚的阳光，一览无余地倾泻在我通体乳白的身上。

我挺喜欢这个地方，有一大片的草地，有一棵直入云霄的树，还有一两句的鸟声，恬淡幽静，而又与世无争。我故意不把一片草地走完，也不愿急着攀上树的顶峰，我知道生活中有一种极致不需要抵达，我只想在内心深处，享受生命因探索而带来的愉悦过程。

我把家建在这面偏僻的土坡上，草牖柴扉，蓬门荜户，因为外在形式的朴素会更加贴近内心的朴素。我在寂静中活得自在，便尽量远离喧嚣。朋友很少，只淡泊的有一两个，也懒洋洋的，不常来往。有一天，在路上，我遇到了一条素昧平生的虫子，我们谈得很多，从早上谈到傍晚，然后直到星辉满天。我们所谈的东西都怀着对生命的敬畏、尊重和关爱，因此我们彼此赢得了对方。它走的时候，只翻过一棵大草叶片，便没入夜色当中。我送走过许多这样的朋友，没有名姓，不知来处。或许最真的交往，只是灵魂与灵魂的接纳、引领和融合，而无须涉及地位、权势、财富等这些世俗链条上的环节。也许，我会因为自己的固执，在现实中过得狼狈，但我清楚在生命中，什么该死死地坚守，什么该彻底地放弃。

我知道自己太渺小了，身边有许多庞大且不可一世的天敌，比如一群鸟雀，比如一只鸡，稍不留神，就会成为它们的腹中之物。我知道，真正的强大不是体魄的强大，而是内心的强大。海明威说：人可以被毁灭，但绝不能被打败。外表弱小的毛毛虫的精神世界也是这样的，所以，即便是在毁灭的那一刻，我也要让自己柔弱的身姿，折射给这个世界以强悍，而绝非虚弱的内心。

善念，是培植在内心深处的一棵树，不要因为善小，而忘记了在对方干渴的时候端上一瓢水，倒伏的时候及时扶持一把，郁闷的时候送上一句安慰的话，这点滴的善最终会为我们的生活结出快乐。生命中有些东西就像手中的沙，不会驻留太久，还有一些东西会在岁月流转中，无情地背叛你，唯有快乐，那么忠贞，那么坚韧，在你最苦难的时候，在暗黑的心底为你透出光亮。

我懂得寻找怎样的一只虫子发展爱情。我可以活得卑微，但决不让自己的爱情沦落于卑微。爱得门当户对，不是对等门第，而是对等和谐的心灵。我也不想通过爱情，去攀附权贵，用牺牲爱的方式，让自己摇身一变成为财富的附庸。我要紧紧地握住爱的真谛，相濡以沫地操练自己的爱情。我懂得，在爱的天平上，重要的是要多为所爱的一方增加砝码，让爱为对方而倾斜，这样的爱情才会求得最大的平衡。

我要平静地告诉孩子，作为毛毛虫的后代，不要期望从祖辈那里得到什么遗产，以荫庇自己轻松地存活于世。我要告诉它们的是：我们可以活得贫穷，但不能失了风骨；我们可以活得土头土脑，但不能胸无大志；我们没有腿足，不可能站在生活的高处，但不能因此而目光短浅。

三餐就简，随便一点露水，任意一枝绿叶，就可以吃饱喝足。洞穴狭小，以枯叶为床，与和风同眠，在一地浅吟低唱的呼噜中，也可以睡得安稳踏实。如果不远处，能有一溪清流，时时濯我手足，或许我会活得更洁净。如果常能有智者夜半徐临，让我醍醐灌顶，也许，我会活得更轻松。

与困难掰腕子

父亲十多岁的时候，爷爷就去世了。

当时，家里的日子过得很凄凉。为了能挣些口粮，奶奶一狠心，便把父亲送进后草地换粮的车队。

冬闲的时候，雪地白茫茫的，父亲跟着车队出发了。长长的一大溜，十几辆车绵延在后山梁上，弱小的父亲夹杂在其中。奶奶送出去好远，千叮咛万嘱咐，眼中还是麻花花的。父亲说："没事，你回去吧。"他头也不回，跟着车队就走了。

换粮回来的半道上，骡子病了。给牲口看病的工夫，父亲在一家车马店耽搁了一天多的时间。第二天下午，父亲只好一个人往回赶。天越走越黑，风也越刮越大。地上的积雪被扬得四散，天地之间灰茫茫的，看不清前头的路。父亲本打算走到前边的一个村庄，找一个地方住下来，但是往前走了很长一段时间，还是看不到那个村庄。

天已经彻底黑了，又走了不知多少的路，还是不见一星半点的灯影。父亲觉得，一定是迷路了。他把车上所有御寒的东西，都胡乱地穿在自己身上，又把两条麻袋片，搭在了还有些虚弱的骡子身上。天气越来越冷了，刺骨的寒风发着摄人心魄的怪响，毫不留情地穿透父亲的衣服，深入父亲的骨髓深处。

父亲后来回忆说，他当时连车也不敢坐，也不敢选择一个背风的地方藏起来。他说，那种时候，人和牲口要是一停下来，很快就冻僵了。父亲牵着骡子，明明知道已经迷路了，还是义无反顾地往前走，他知道走下去就能活下来。然而那一次，命运好像偏偏和他作对。车走着走着，突然掉进了一个雪窟窿，父亲爬到车底下，清理了积雪，自己帮着边辕，狠命地吆喝着牲口，一连试了几次，车就是出不来。风越刮越大，后半夜更是冷得难耐。有几次，父亲想舍弃了车，自己和牲口逃命。但是，一想到家里，好几口子人指望着换回去的东西活命，他就不敢再想这些。后来，父亲把车上的东西都卸下来，空车出来，再把东西装上去。父亲说，他当时冻得瑟瑟发抖，已经筋疲力尽了，也不知道是什么力量促使他还能搬得动上百斤的盛满莜麦的麻包……

第二天天亮，父亲发现自己赶着车在雪地上转了无数个圈，而前面的村庄，就在一里远的地方。

以后的岁月，父亲偶尔说起这件事的时候，总是意味深长地说，人这一辈子，谁都会遇到点难事，关键是要学会和它掰腕子，再大的困难，只要心里不松劲，腕子永远输不了。

这句话，我能记一辈子。

思考着的年华

　　一个人，一生会拿出多少时间来思考？

　　这是一个问题。有的人，一辈子稀里糊涂地过去了，对人生大抵没有过思考。来到生活中的，就迎接和承受；消逝在视野内的，也不眷慕和挽留。生命，陷入了一种迎来送往的习惯，不知道为什么，也懒得去问为什么。

　　这样的人难免活得浑浑噩噩。他们在这个世界上，只是完成从生到灭的过程，不会闪出亮光，不会留下香味，不会划过印痕。缺乏思考的生命，只是用身体行走在这个世界上，因为没有思考的滋养，他们的灵魂渐次枯萎，最后凋零在身体的繁盛与浮华中。

　　大自然中一切有个性的事物都懂得思考。一根随风飘曳的芦苇是会思考的，一块沉默静寂的石头是会思考的，一缕清幽的风是会思考的，一片飞翔的云是会思考的。当然了，不会思考的人，也就无法发现它们的思考。

思考的人都醒在这个世界上。思考的范围宏大而深邃的，是大哲。思考的目标具体而细微的，是小民。大哲也好，小民也罢，思考的人往往看得长远。《红楼梦》中的秦可卿临死的时候托梦给王熙凤，说"水满则溢，月满则亏"，荣辱自古周而复始，劝王熙凤在荣时筹划下衰时的世业，方可常保永全。秦可卿在《红楼梦》中可不是简单的人物，这是曹雪芹安排在《红楼梦》中的一个醒着的人。

一个活得闲适恬淡的人，生活中也并不是没有大风大浪，人生中也并不是没有曲折坎坷。因为他善于思考，通过思考，他会抚慰自己，给自己疗伤，人生的好多事情在他的心里窝不住，一想就过去了。在表象上，这样的人内心阔大，豁达开朗，宠辱不惊，成败不乱；在本质上，是思考，让他获得了内心的平静。

于是，我们常常看到的情形是，懂得思考的人，不为蝇头小利斤斤计较，不为些许恩仇睚眦必报，不为虚名妄位追逐攀附，他们懂得了谦让，懂得了退步，懂得了舍弃，也因此，在豁然闪出的一片空地中，他们发现了人生最美的风景。

一个有智慧的人，往往就是一个懂得思考的人。通过思考，他们在生活中找到适合于自己存在的位置，发现愉悦自我的意趣；通过思考，他们撇开世俗的繁华，在寂静中抵达内心的深刻；通过思考，他们罗织思想的精华，在灵魂中烹制精神的盛宴。而这样的思考，又反过来成就和升华着他们不同凡俗的智慧。

据说，傅斯年去世之后，葬在台大校门外的一侧空地，名为"傅园"。台大行政大楼的对面架设了一口"傅钟"，每节上下课都会敲响二十一声。因为这位曾任台大校长的傅斯年说过："一天只有二十一个小时，剩下三个小时是用来沉思的。"

只有思考着的时光，才是一个人真正活过的年华。

一颗纯美之心

　　年根底下回老家，表弟为我讲了一个故事。

　　他在一座城市当民工，生活很艰苦。每天跟砖块、水泥、钢筋这些东西打交道，特别劳累。体力上还能支撑，但饮食实在是差得很。每天三顿饭都是馒头，硬邦邦的。菜是白水煮菜叶，一点油花也看不到。刚好，工地的旁边，也不知是谁家种了两垄葱，绿绿的，嫩嫩的，每到吃饭的时候，他们就去拔些，回来就馒头吃。

　　他说，刚开始拔的时候，就像做贼一样，生怕一个衣着体面的城市人突然出现在眼前，奚落一顿还是小事，最惨的可能要挨骂甚至是挨揍。然而，每次吃饭的时候，他们又常常抵制不住诱惑，因为有这几根葱，饭就香甜许多。

　　终于，有一天中午他们再去拔葱的时候，被人发现了。那是一个骑着三轮车拾荒的老女人，她当时怔在那里，表情木滞地盯着表弟他们看了半天。表弟见是她，不慌不忙地从地里走出来。因为这个老女人经常来工地上拾破烂，废旧的铁丝、包瓷砖的纸盒，才是她物色的对象。表弟说，也不知是谁家种的葱，就馒头吃，挺好的。老女人"哦"了一声，点了点头，说，也是的，也是的。

眼看着葱一天天地少了。然而，一天中午他们再去拔葱的时候，旁边不知什么时候又新种了几垄，土还蓬松着呢。表弟他们对这个变化惶恐不安，因为不知道这葫芦里卖的是什么药。有人说，该不是在"钓鱼"吧，大家觉得有道理。不过，没老实了几天，表弟他们就更加肆无忌惮了。因为这个工地上，除了那个老女人，实在没有其他什么人来。

有一天下雨，工地停工。表弟和其他的工友到四周转悠。他在工地东北角发现一处窝棚，而窝棚里住着的，竟是那个拾荒的老女人。她正坐在门口看雨，里边还有一个小孩在玩耍。表弟进去小坐了一会儿，才知道他们一家人从河南来，来这里已经四五年了。儿子和媳妇一早出去拾荒了，还没有回来。留下她，在窝棚里照看小孙子。老女人问了表弟一些情况，末了，拍着表弟的肩膀说，这么小就出来了，多不容易啊，多不容易啊。老女人眼中泪水汪汪的，表弟低下了头，感受到了一种母爱的温暖。

蹊跷的是，葱快拔完的时候，总会有新的葱种上。一个夏天，因为有这些葱，表弟和其他民工并没有感觉到饭食上欠缺多少。直到表弟他们搬到另一个工地干活的时候，还有几垄葱旺盛地长着。工友们都说，这几垄葱估计能长大了。大家虽然彼此心照不宣，却倒也真希望这些葱能长大起来。

初秋刚过，一个偶然的机会，表弟和几个工友回原来的工地拉施工的机器。返程的时候，他漫不经心地往那块葱地扫了一眼，乱草深处，有一个人影头发蓬乱，正蹲在那里收获着所剩不多的葱。虽然是个背影，表弟还是觉得有些熟悉，当他看到旁边更为熟悉的三轮车的时候，那一刻，表弟明白了。原来，一直是她，一个和自己一样卑微地活着的拾荒女人，在那个夏天一茬一茬地种下葱，默默地照顾着他们，让他们少遭受了许多的苦。

表弟讲到这里的时候，眼睛有些湿润了。他说："那个清冷的雨天，她拍我的肩膀的温暖至今还在。"只是，我没想到，在那样的一个城市，一个拾荒者，还有着这样一颗热乎乎的心。

一个生命，把自己的爱默默地延展出来，并毫不吝惜地给予别人，这样一颗纯美的心灵，对于爱的承受者来说，是刻骨铭心的。所以，当你被一个人感知，并被牢牢记住，你要清楚，那不是因为你貌美，不是因为你气质迷人，不是因为你所处的位置高高在上，也不是因为你所做的事情轰轰烈烈，恰是因为你竭尽所能地为他付出了爱。

哪怕是极细微、极渺小的一点爱，也许薄如轻烟，也许细若游丝，但对于一个需要爱并懂得感知爱的人来说，你就给了他心灵的全部。

秋天的幸福

我睡得正香，母亲轻轻地拍了一下我的脑门。

母亲说，今天晌午咱们吃糕。说完后，母亲便走进里屋，窸窸窣窣地在锅台上忙活着。

天刚蒙蒙亮，玻璃窗户上麻麻的，看不清楚外头。大秋了，四下里都生了一层凉意，屋子里也不知是从哪里吹来了风，我掖了掖被角，但已经睡不着了。空气中，有一丝黍米香，淡淡地飘着。

母亲把米舀到簸箕里的时候，父亲正好推门进来。父亲说，上头院的碾道就剩八虎他们一家了，他们推完了，咱们就推。

母亲没说话，从炕头的盆子里给父亲盛了一碗稀粥，又把咸菜往父亲跟前推了推。父亲坐在炕头喝，母亲就在一边等着。末了，母亲又给父亲盛了一碗。

母亲朝我喊一声"起吧"，便把炕上四散的我的衣服收敛在一起，给我抱了过来。父亲喝过两碗粥后，把碗往锅台上一撂，说："牲口还在河滩吃草呢，我得把它拉回来。"母亲说:"要不,就让小子去。"父亲说:"不行,这会儿河滩正凉。"

临父亲出门的时候,母亲从后炕拽过了一件褂子,搭在了父亲肩上。

我起来后的第一件事,就是看看碾道里还有没有人家。一出门,我们家的黄狗就扑了过来,在我身后撒欢。有几只鸡,正从篱笆外歪着头往阔阔的场院里张望。整个村庄,炊烟起落过后,清清的,笼在一层淡淡的晨晖中。

我走到当街时候,看着父亲拉着骡子从河滩回来。父亲问我:"干甚去?"我说:"我妈让我去碾道看一看。"父亲把缰绳往我的手里一丢,说:"我去,你把牲口拉回去吧。"

随后,父亲把母亲搭在他肩上的褂子又搭给我。

我回去以后,把骡子拴回到圈里。我从场院搬下了一捆莜麦,撅了一半,扔给了牲口。半上午时候,它还得碾场,父亲昨天已经把场院上铺了满满的一层谷穗,说是今天上午把它给碾完了。

母亲正站在场院里往外撵鸡,那只芦花公鸡从莜麦垛跑下来,又鬼头鬼脑地藏进了谷子垛。我一块土坷垃丢过去,它才呱呱地飞下来,几根羽毛在空中打过几个旋后,飘落下来。

母亲说,把它赶开就算了,别把它打残了。我只好把刚拾起的另一块土坷垃丢到地上。

太阳一竿子高的时候,村道上便直直地走着三个人。母亲头上顶着半簸箕淘过的黍米,走在前面,我和父亲一前一后跟在后边,一家人往上头院的碾坊去，推碾子。这会儿，村庄开始乱出一些生气，担水的，放牲口的，赶车拉大田的，各种声音混杂在一起。偶尔也有一声驴叫，彻彻的，荡遍山谷。

父亲把绳子往碾杆上一套，一躬身，就开始拉着转圈。我和母亲在后边推着碾杆，母亲一边推，一边用笤帚扫着黍米，一边和父亲谈农事。我呢，也煞有介事地抱着碾杆，实际上是一圈接着一圈地跟着空转。有时候兴起，偷偷趴在碾杆上，两腿悬空，让父母拉着转一圈。

空气中开始漾起一层土气，细细地浮着。碾轱辘的声音沉闷而重，掩了几个人呵呵的喘气声。

过半的时候，母亲对父亲说："我替你一会儿。"父亲说："我没事。"母亲一丢笤帚，不由分说过去换了父亲。换过来的时候，父亲从兜里掏出一块手绢，递给母亲，说："你擦擦。"母亲接过后，胡乱地擦了两把，手绢没给父亲，装在了自己的兜里。

转过几圈后，父亲什么也没说，突然把我抱在碾杆上，母亲回过头看看我，笑了笑，也什么也没说。父亲一边推，一边扶着晃晃悠悠的我。而我呢，坐在碾杆上咯咯地笑。

父母又转了几圈，母亲开始箩面。母亲说："出去歇一会儿吧。"我便和父亲站在高高的坡上，看刘四在自家场院碾场。

我们再进去的时候，面已经箩好。母亲前额的发梢落了薄薄的一层面，霜一样。父亲径直走过去，说："我给你弄一下头上的面。"父亲用手拂的时候，母亲便站着不动，直到父亲拂净。

母亲把箩出的碎黍米往碾台上一倒，说："再转几遭，就行了。"父亲便背起绳子又开始转。

那天晌午，一场院的谷子父亲还没有碾完，母亲便朝院里玩打石头的我喊："告你爹一声，糕蒸熟了，先停了牲口，下来趁热吃片面心糕。"

我上场院的时候，母亲正蘸着刚挑回的凉水，一边与蒸糕耐心地进行着一场"拳击"，一边笑眯眯地看着我爬上场院。

富有的生命

　　电视里，播放着一个访谈节目。请来的嘉宾中，有一个姓李的小伙子，个子高高的，也很威猛，曾经打过篮球。然而，在他最好的年龄上——十八岁那年，一次偶然的事故，他双目失明了。

　　主持人问他："双目失明之后的那一段时间里，你想得最多的是什么？"小伙子回答说："死。我的梦想是打全国的篮球联赛，双目失明之后，一切都看不着了，梦想破灭了，我整日想着的只有一件事，那就是死。"

　　"然而有一次，我楼上的一位大爷，当他查出自己患了胃癌之后，跳楼自杀了。那件事对我的触动很大。我才明白，对于一个生命来说，死是一件非常简单的事情。而且，一个平凡的生命无论怎样逝去，第二天，太阳照常升起，这个世界不会因他的离去而发生任何改变。所以，死是一件没有任何意义的事情，我不想这样没意义，于是后来便为生筹划着做一些事情。

　　"在教练的指导下，我开始练习跳远。2000年悉尼残奥会的时候，我只拿到了一块银牌和一块铜牌。我没有服输，继续苦练。终于，在2004年雅典残奥会上，我一举拿了跳远和三级跳远两个项目的奥运金牌。在颁奖仪式上，我高声唱着《义勇军进行曲》，那一刻，我觉得我的生命有了不同寻常的意义……"

小伙子讲完了自己的故事，坐在一边的主持人有些泪眼婆娑，而电视机前的我也感动非常。我敬重这位小伙子，因为相比那些肢体健全但人生平庸的人来说，他活过的人生不同凡俗。

这不由得使我想起另一个残疾人的故事来。那时候，我在一个小镇教书。常有一个残了双脚的人"骑"着一辆三轮车，沿街叫卖糖饼酥饼，在每一个盛夏的午后，在每一个隆冬的黄昏。见的人都唏嘘感慨，说，这是个苦命的人，他本来与外婆相依为命，一次下煤窑又砸残了双脚，一老一残，以后的日子怎么过啊。然而，就是这个人，摆过书摊，种过差季蔬菜，收过药材，开过小卖部。为了养活自己和外婆，他一刻也没有停歇过。

后来，我调离了那个地方。据说，现在的他，娶了媳妇，有了子女，奉养着还健在的外婆，一家人的日子过得红红火火。

这个世界上，从来没有被命运抛弃的人，只有被命运捆绑住手脚的人。因为，一个能为改变困境而不断拼争的人，生活最终会把最温暖最幸福的一面反转过来，像阳光一样，把他的余生照彻。

妩媚的风情

读过一则笔记小说，题目忘了，只是记得里边有一个叫板桥三娘子的寡妇，开着一爿车马店。有一天，一个客人来投宿，店已客满，无奈之下，客人投住在紧邻三娘子的一间屋子里。夜半，微听隔壁窸窣作响，客人耐不住引诱，从一小孔窥视，大惊。见三娘子从一厢房里取来一耒耜、一木驴、一木人，以气吹之，人驴皆活，在灶前一块巴掌大的地方耕耘起来。荞麦种子落下去，瞬息之间开花，瞬息之间结果。收割完好后，又是一口气，木人、木驴、耒耜放归原处。

由于头天晚上的经历，第二天起来，客人便伏在暗处观瞧。照例，店里以免费的荞麦饼招待客人。餐后，客人皆仆地，做驴鸣状，进而尽化作驴。三娘子挥鞭赶在后院。更为吃惊的是，后院里，三娘子竟圈养着成群成群的驴。

想必那三娘子是美的，媚艳风骚，又是寡妇，许多人受了莫名的诱引，动机下作，结局也难免悲惨，非但失了钱财，而且变得驴头驴脑，丢掉了做人的资格。

　　这则具有神话的荒唐色彩的故事本没有进一步斟酌的必要，但这变驴的说法多少就有些象征的意味了。有一种说法称，一个妖精化的女人，对你搔首弄姿，秋波暗送，那就是毒蛇，必然要害人，但凡男人都要提防，或缩在屋里不要出来，或赶紧蹲下来，不然妖气会迷惑了眼睛，从而动了心魄，结果就很可怕。其实，这全是掩耳盗铃的说教，近乎一个老婆婆吓唬不谙事的孩子。只怪那些蠢蠢欲动的男人，本来不会水，却被荷花的粉嫩娇艳宕动了心旌，结果荷花没得到，却身陷泥淖，成了落汤鸡。

　　有时候，女人的妩媚是一种不可言说的风情。我很喜欢金庸笔下侠女的形象，那是一种荡气回肠的柔媚，她们的风骨比形体更丰满，风流掩映在温柔的秋波里，她们只对弯弓射雕的英雄娇娆妩媚，以水的风情万种，荡清流，化涟漪，层层碎在男人雄浑刚烈的骨子里。这是生命的一种深度，以性情的回旋流转，演绎最惊心动魄的爱恨情仇。

　　相比男人来说，女人以自己的视角观察女性，似乎得到的观点更深刻。在这方面，张爱玲就是个例子。她的许多小说，是从女性回归到女性的。从她的《倾城之恋》到《两炉香》，我以为都是女性的素描，是气质的素描，性情的素描，更是心灵宕动的素描，曲径通幽，你会读出女人掩在皮袍下的许多东西来。

　　阿Q是个很搞笑的男权主义者。他说一男一女在那里讲话，一定是有勾当了。一个女人在外面走，一定是要引诱野男人的。阿Q

的逻辑总是惊心动魄,他对吴妈动了心思,而且有些遏制不住,闹得吴妈寻死觅活的。我曾经想大话一下这个版本,把吴妈弄妩媚一点,把阿Q整成个落魄文人,好奇于他们之间将会发生怎样的一段令人啼笑皆非的故事。

女人的妩媚是给人欣赏的。记得老宣好像在他的《妄谈·疯话》中说过,女子不注意看人,是注意让人看的;女子生来是胆怯的,假使使她穿上好的衣服,她就自信有了武器了。以这样推理下去,有了别人的驻足欣赏,妩媚的女子就得到了人生全部的自信。

在大街上,远远地看一个素衣女子,袅娜娉婷,风流顾盼,生动飞扬,你欣赏就够了:若一尾鱼在尘世中翔动,似一枝花在春色中摇曳。你看她泛着光泽的皮肤,你看她水蛇一样的线条,散发着花朵一般淡淡的馨香……迎面一览无余,背后含蓄隽永,你只管静静地注视,然后在渐去渐远中,遗憾着一种美在自己的视线中淡淡地消逝。

窗外的世界

自然，把一方山水镶嵌在窗外，山柔情，水妩媚，绿是沁绿的，凉是浅凉的，在眉峰上横亘，在手腕里温润，在心窝里波光潋滟，招惹着人。

钱锺书说，若据赏春一事来看，窗子打通了人和大自然的隔膜，把风和太阳逗引进来，使屋子里也关着一部分春天，让我们安坐了享受，无须再到外面去找。其实，窗子逗引进来的，何止是风和太阳啊。星辉、雾岚、暮鼓、晨钟，朗月载来的皎洁、庭树摇碎的细影、夜歌的恣意与悠扬，都从窗外来。软软的，酥酥的，细细的，像初生羊羔的蹄印，又像淡春的润雨，落在你的心鼓上。

而这一切，仿佛又能给人以极大的疗治，将痛苦、忧伤、落寞一样一样地卸下来，让你浑身没有了挂碍，变得轻松惬意起来。上帝要为人们安排一块让生命闲适愉悦的自留地，绕来绕去，最后，他选择了窗外。

窗外，确乎是个唤醒生命的地方，一线飞瀑，两棵高树，几点新绿，都可让生命活泼地跳动，像晨曦里枝上的雀。窗内有什么，琐碎而经年不绝的工作，阴谋与钩心斗角，温婉而堕落的欢娱。这些事情，像雨后轻薄的衫子，紧紧地裹着身体，解不开，挣脱不了。

自由的生命，都在窗外。一只悠闲独步的蚂蚁，电线上亮翅的一只鸟，塘里的一粒蝌蚪，泥土下一条蚯蚓，活得无牵无挂无拘无束。**实际上，生命的富有，不在于自己拥有多少，而在于能给自己多少广阔的心灵空间。同样，生命的高贵，也不在于自己处于什么样的位置，只在于能否始终不渝地坚守心灵的自由。**

无论是茅屋的草牖，还是高楼大厦的玻璃幕窗，作为窗户本身，从来没有阻隔过谁，也没有拒绝过谁。单调的工作与乏味的生活似乎早已散发出霉烂的气息。而自然，却始终每天鲜活地站在窗外等待着你。不妨推开窗，看看天的高远，听听鸟的鸣叫，闻闻青草的芳香，为干枯的心灵，注入些许活力。

周涛先生有一篇《隔窗看雀》的美文，窗外的麻雀，被他演绎得美不胜收。初看，我还以为麻雀为窗户赋予了诗意，后来想想，是有爱的人赋予了窗外万物以诗意，即使对象是一只卑小的麻雀。这篇文字，还有一个空灵意远的结尾：

"瞧，枝上的一个'逗号'（麻雀）飞走了。

"'噗'地又飞走了一个。"

这是窗外的意趣，也是人生的意趣。

石头，石头

一块石头会不会有生命？

随便踢的一块石头会不会喊疼，砌在房基下的石头是不是活得暗无天日，横亘在路面上的一块石头是不是早已在自己的岁月中老死？石头会不会认得人，砸痛你的那一块是不是很早就和你结下了怨仇，石头中，有没有默默注视着你的朋友？

一块石头随洪流跑了，是不是厌倦了一个地方的生活而去流浪；一块石头无端端来了，是不是以福祉的形式为你降临到世上；一块石头碎了，是不是它的心碎了；一块石头来回辗转，是不是还没有找准自己的位置；躲在角落里的石头，是不是一直自卑地活着；石头有没有泪水，它的泪水为谁而流？

一块石头锋利的棱角，为谁而闪现；一块鹅卵石多彩的纹理，为谁而妩媚；为谁碎成一粒细小的砂石在空中飞舞，又为谁凝聚成一块磐石而风雨不动；在一些岁月里成了谁的旧爱，在另一些岁月里又成了谁的新欢；年迈的时候挽过谁的手，年轻的时候又吻过谁光洁的额头？

一块石头，有没有生命中的凄冷与悲凉，它们长久的沉默是不是在展现着巨大的隐忍与恬淡；它们靠近一棵树，是不是以人看不见的方式与树倾诉；埋没在草丛中的那一块，是不是石头中的隐者；挺立在山尖上那一簇，是不是石头中的勇士；哪一块石头，在与这个世界做着最顽强的抵抗；又是哪一块石头，遭受着世俗无情的排挤？

我们以人的眼光打量石头，管石头叫石头。石头以自己的眼光观测人，是不是也把人叫作石头？它们用石头墙把人圈起来，用石头房子把人关起来，以绊倒人的方式教训人……在石头的眼中，人是不是一块又一块可笑的石头？

这个世界是不是原本就是一个石头的世界呢？尘埃和沙子是不是石头飞扬的幼年，清清河水是不是石头滴落的眼泪，绿色植物是不是石头鲜嫩的情人，奔跑的动物是不是石头活泼的子民？

石头那谦恭而沉默的生命，是要触动谁？石头坚守着自己的冰冷，是要把温暖留给谁？一块石头突兀地站在峰顶，是在苦苦地等待谁？一块石头一辈子倒在一个地方，是在紧紧地拥抱谁？一块石头独守寂静，是要把喧嚣和浮躁留给谁？

石头有没有自己的故乡，谁在辗转的时候把故乡丢了；石头老死之后会化成什么，云彩中有没有它美丽的霓影；石头有没有自己的欢乐，它是不是把欢乐高高地挂在树上；石头有没有忧伤，它是不是把忧伤深埋在谷底？

　　是不是有一块好了伤疤忘了痛的石头，正在遭受着新的创痛；是不是有一块坚强的石头，跌倒了又重新爬起来；是不是有一块会思考的石头，在静默中做着睿智的思索；是不是有一块傻傻的石头，正在牵住所有石头的衣角高唱——石头，石头……

快乐车夫

一个年轻人坐着一辆三轮车到北站去赶车。

一路上，车夫一边蹬着车，一边唱着歌，虽然气喘吁吁，但丝毫没有显出劳累的样子。年轻人看了一眼这位约莫三十多岁的车夫，不禁问了一句："今天，家里一定有什么喜事吧？"车夫回过头说："没有。""那你今天一定拉了不少客人，赚了不少钱吧？"年轻人接着又问。"没有。你是我拉到的第二位客人，在这之前，我只挣到了两块钱。"车夫跟着答了一句。

车继续往前走着，车夫依然一路欢歌笑语。

年轻人依旧纳闷，不禁又问了一句："那你一定有一个幸福的家庭。"车夫微微一笑说："怎么说呢，有一个老母亲卧病在床，有两个儿子，一个读初中，一个刚刚考上高中。我原来在西宁的一家机床厂上班，几年前下岗后回到这里，一直没有找到合适的工作。妻子在残障学校当老师，我和她所挣的钱刚够供两个孩子上学，就是这样。"

"那你为什么还活得这么开心呢？"年轻人不失时机地问。车夫又笑着说："可能受妻子的感染吧，她教着一批残障孩子，让孩子们在快乐中学习成长是她工作的主要任务。她是一个乐观豁达的人，生活再困难再吃紧，她都没有沮丧过。她常说，怎么过都是过，为什么不快快乐乐地过呢？

"每天晚上，我和妻子还要到一家小作坊去，打短工缝制皮手套。我准备把两个孩子都供到大学毕业，再多挣一些钱好给母亲把病看好。很晚的时候，我们从小作坊回家，我就蹬着这个三轮车，拉着妻子往城西的家里走。更多的时候，妻子在后边唱，我在前边和着，就这样一路欢歌回到家，每天都这样。

"也有人说我们是穷开心，穷得叮当乱响的，就剩下开心了。随便别人怎么说，反正生活得自己一天一天地过，活得简单些，活得快乐些，总要比把自己藏在阴霾中要强吧。"

然后，车夫又谈了些关于未来的打算，听得出来，他对生活是充满信心的。到目的地后，车夫突然从车的侧帮拿出一只拐来，轻轻一点，"站"在了车前，依旧笑语盈盈的。直到此刻，年轻人才知道他还有一条有残疾的腿。他掏出五元钱递给了车夫，车夫准备给他找钱的时候，年轻人一把按住了车夫的手，说："不用找了，我用剩下的钱买了你的东西。"车夫一愣，年轻人接着说："我用最少的钱买到了这个世界最昂贵的东西，你教会了我快乐。"

故事中的那个乘车的年轻人就是我。那一年大学毕业后，我在一家民营企业工作，后来又自己炒了自己的鱿鱼。我坐车的那一天，正是四处找工作无果郁闷着准备回老家的。就是在那一天，我懂得了，再难的生活也是可以用快乐打造的，关键是你是不是有一颗用快乐感受生活的心。

高
树

　　记忆中有这样一棵高树，在我家房后的半坡上。

　　大概有我的时候，它就在了，是棵柳树，树冠大，且高。我们叫它高树，是和坡下面大队部的树比较而得的。大队部是个破破烂烂的院落，顶有生气的是院子当中种的一圈矮树，身姿曲曲的，样子也倒婆娑，只是叫不来它们的名字。有风的时候，它们便簇拥在一起微微地动，像小家碧玉的笑，有一丝含羞，也掩着一分妩媚。和这些树比较起来，坡顶的这棵高树就显得彪悍许多。我们小时候学着上树，也大都选择从爬这棵高树开始。大队部的那几棵就不行，即便你上去了，也被伙伴们瞧不起。

　　这棵高树，离我们西坡住的几户人家并不远。夏天的时候，有不愿歇晌的，就坐在这树的树荫里乘凉。大家散坐着，有的拿着个筐箩，把冬天的衣服拆洗了，闲闲地做着些针线活；有的把刚从地里摘回的豆角用剪子铰过，再用线穿好串，晒干后留待冬天没菜的时候吃；有的干脆什么也不做，一屁股坐在地上聊农家话，或者干脆什么话也不说，静静地瞧着对坡上人家的动静。有风掠过，头顶的叶片便哗啦哗啦地动。树影也潺潺的，漏过树缝的光水波一般，点点抖动着，在人的身上、额头上、鼻翼上，荡过来又漾过去，大家惬意地享受着这一份阴凉。

有一年秋天，邻家的一只猫爬上了这棵树。猫不知是受了惊吓还是故意不下来，结果下面的人越是叫，它越是往上跑。大家使尽了办法，有人建议晃荡树，把它惊下来；有人说人走远些，或许它会自己下来，结果猫还是往更高的地方去了。邻家的孩子急得号啕大哭，最后，一个大男人找了个布袋，爬上树把那只猫抓了下来。就是那次，树南面最大的一个枝杈受了伤，春天的时候便不再发芽，于是，靠近矮墙的部分，就突然少了一片阴凉。经常靠墙坐的二梆子在那个夏天每每乘凉的时候，总要失神地往少了阴凉的那一处地方张望，眼神滞滞的，盯着白白的一片阳光。

一棵高树，活在岁月深处，一枝一杈满蕴着生活的沧桑。树的最高处，常常有鸟飞来，一般是喜鹊，一枝一枝地把柴火衔过来，精心而又细致地一枝一枝垒起来，像风掀倒的草帽一般，架在树的三杈处，堆成温暖的模样。秋天过去的时候，万木凋零，村庄和四野一目了然，高树上的这几个喜鹊窝格外醒目，最多的时候，有三个，高高的，在村庄的头顶上，吸引着过路人的目光。小的喜鹊生出来飞走了，又一年，又有新的喜鹊生出来飞走。鹊窝上经常有柴火掉下来，带着隔年的风霜，跌散在地上。坡下的寡妇王婆婆把柴火一根一根地拾起来，整整齐齐地摞起来，冬天的时候，用做点炉火的引柴。"干巴巴的，好点着呢。"颠着小脚的王婆婆弯腰捡拾的时候，常常感叹着说。

起先，在毗邻高树不远的地方有一处废弃的庙，散落着几片残瓦，平常很少有人去祭祀或做什么，然而每当村庄有人去世，这里就突然成了魂灵归去或祭告的地方。这里的乡俗是，谁家的老人过世了，照例都要请上一班吹鼓匠。顶有名的是二瞎眼的鼓匠班，丧事办七天的话，就要吹吹打打上四天。最热闹的是晚上的上街：鼓匠班从办丧事的人家出来，绕着整个村子吹打一圈，男女老少跟在后边凑着热闹。我记得当时最叫好的曲子叫《小寡妇上坟》，好像还有个曲子叫《老爷爷少媳妇》，《打金枝》也有名，但那是白天的曲目，晚上的时候是没人叫的。大家热热闹闹地跟着鼓手们祭了所有的碾道、井口，最后就来到这棵高树跟前停下来。因为这里有庙，大家都不敢造次，也仿佛以前的声音都是为热闹而吹打的，这时候开始回归到死去的人身上。二瞎眼这时候顶严肃，听得孝子贤孙们戚戚地叫了长辈的名字，号啕大哭起来的时候，就一扬自己的唢呐，先是高亢的一声，然后便急转直下，跟着呜咽起来，声音凄苦、哀婉，渗透着人世间的悲凉。本来，这时人们该到庙的旧址上的，然而不知谁最初把一段路程省略了下来，后来的人也就效仿着，习惯了把这棵高树当成神灵祭拜。树的态度是憨厚的，像一位父亲，直直的，站出一种姿势，接受着村庄所有子孙的磕头叩拜。

我们村有个侯家的媳妇，和自己的丈夫很合不来。每每丈夫赌钱回去的时候，总要有一场架好打，家里的锅碗镜子能砸的都砸完了，打完架之后媳妇便赌气回娘家一阵子。有一次，媳妇觉得日子过不下去了，突然就生出极端的想法来，悄悄地拿了一根绳子，想上吊自杀。夜半的时候，悄悄摸到高树周围，便一根绳子搭上去。结果，还未等人上去，绳子就掉了下来，再搭上去，又掉了下来。那一晚上，侯家的媳妇忙乎了一宿，硬是没死成。事后，大家都觉得很蹊跷，白天的时候，那么多的枝杈，一根绳子很容易就可以绾上死结，可那天晚上侯家媳妇为什么无论如何都死不掉呢？莫非冥冥之中高树的神灵在庇佑着她？在谈论和猜测中，大家对高树的神秘和敬重又多了几分。后来，就因为这件事，姓侯的赌棍也改邪归正，彻底地戒了赌，和媳妇认真过起日子来了。

前些年，村里人盖房，常常去那棵高树附近取土，偶尔也伤及高树的根，大家都怕因此伤了这棵高树，然而树依旧是绿荫婆娑的，大家才松了一口气。再有盖房的，取土的时候依旧取那里的土，在树的一侧挖了一个很大的坑。树还是雍容大度的，随着季节荣枯自如，乘凉的依旧乘凉，祭拜的依旧祭拜。大家都说，树壮着呢，不会有什么问题，这是一棵长命树。

有一年夏天，突然来了一场从未有过的大风，昏天黑地地刮过我们村，好多果树上刚刚挂上的果给刮得一个不剩，小树也被吹折了不少。就在那一次，大家发现，高树也被那场大风刮得向取土的大坑倾斜了不少，树干歪得相当厉害，后来它的枝柯叶子就渐次枯萎了起来，还未等到秋天，整棵树就枯干了。

那棵高树死了之后，村里的人就再也没有到那个地方取过土，那树干也一直扔在那里，没有人舍得去动它。

气　质

　　有一次，我在课上给学生讲文言文中的两个虚词，一个是"乎"，一个是"于"。我说，"乎"也有"于"的意思，就像人一样，一个人的身上可能具有另一个人的气质，譬如"乎"就有"于"的气质，那样的华贵，那样的雍容典雅，学生们哗然而笑。

　　实际上，气质有相同的吗？没有。两片落叶，我们可以看到它相同的形状，共同的绿色质地，一样的婀娜飘举，但我们无法推测叶片背后的风霜，经脉深处的流转低回，以及它的前尘后世，当然就不能武断地得出结论。两个女子，一个在妩媚中宕动着恬静，一个在恬静中暗蕴着妩媚，都宛转凝碧，窈窕轻盈。或许只有冷眼旁观者，才能在沉静中看出彼此的不同来。

　　有时候，爱一个人，你会从所爱的人身上，找到你所喜欢的气质来。实际上，那是你对他的爱让他幻化出了一种气质。说到底，那是爱的魔力。

　　气质是一个很贵族化的字眼。优雅、华贵、恬静、高洁，这些熠熠生辉的词汇，让都市的白领们焕发出自身以外的光芒。即使这人身上并无特别之处，人们也会委婉地给他一个气质内敛、不事张扬的评价。倘若一个穷乡僻壤的汉子，境遇就会大抵不同。按说，粗犷、雄浑、直爽、豪迈，这些词都洋溢着草根的气息，散发着泥土的芳香，但在雍容华贵的气质面前，又是何等粗鄙和庸俗。气质看不起乡下人，也因此，山村乡野便成了气质永远的死敌。所以，大碗喝酒、大块吃肉，这样的豪情，在气质面前，只能算作是粗性情，这种低俗的豪放，气质是不屑一顾的。

一个貌美的人，很容易生出气质来。这几乎和自己的位置高低没有关系。潘金莲在这方面就很值得推敲。《水浒传》中说，潘金莲年方二十余岁，颇有些颜色：眉似初春柳叶，脸如三月桃花，纤腰袅娜，檀口轻盈。这些勾画，大抵就是一个美人坯子的典型，虽然她后来屈就武大，陋居穷巷，然而一个挑帘竿，终究惹出与西门庆的一段风流韵事。事实上，挑帘竿是清白的，荡动和挑逗了西门心扉的，终是那美艳以及由美艳而生的风流气质。

气质是遮掩不住的。一个有气质的人即便混迹于芸芸众生之中，也是鹤立鸡群，其绰约的风姿自会超然于众人之上。若干年前，我在县城的高中读书，在一堂语文课上，老师公然表扬了一个学生，说他很有气质。同学们掩口窃笑，老师可能看出了大家的意思，便说:"大家别笑,这个学生眉宇之间有脱颖而出的东西。"之后,大家就有意无意地想从他的额头看出些什么来,然而除了光亮之外,什么也没有。

如果气质是富贵人家千金小姐的话,既在深闺中生出来,还得尊贵地养着。这个尊贵,是内心的尊贵,是心灵对自己品行纯洁的仰望。一个人有了气质,便自得风流。纷繁的世事告诉我们,这风流,用好了,可以成全人,用不好,又可以毁了人。

你说呢?

回忆

没有回忆的人生是不完整的。就像一朵花开过自己的季节没有留下浮动的暗香，就像一艘船横绝汹涌的江河没有在波涛中留下帆影，就像一个人走过泥泞没有留下跋涉的脚印，就像一只鹏鸟划过寥廓的天空没有留下翅膀的痕迹。往事并不如烟，它总有让人咀嚼回味的地方，一截苦痛的生活，一段伤心的情感，一串快乐的时光，一些灿烂的日子，或者勾起我们无限的伤感，或者让我们重温已逝的幸福，实际上，只要沉浸其中，总是别有一番滋味在心头的。真正没有回忆的人，只会是那些日子过得太过平庸的人，或者是那些麻木到心死的人。

回忆让人年轻。一首老歌，一段熟悉的旋律，一部经典的电影，都能让我们重新回到过去的年代里。飞扬的激情重又燃起，尘封的内心开始宕动，时光迅疾倒流，鲜活的日子一格一格呈现在眼前。回忆，有时候就是这样一抹清浅的色彩，为我们的生活添加着丰富而斑斓的风景。有时候，它又像是一个红泥的小火炉，温暖着我们风雨之后的生活。

对于一味沉浸于往事而无法自拔的人，回忆就成了一种折磨，痛苦的往事可能会让他终日凄凉而悲戚，而逝去的幸福又往往使他迷失于过去而看不到现在。所以，回忆只需是生活中的一种点缀，一个补充，或偶尔触及，或不期邂逅，唯有这样，我们才会体会到回忆赋予生活的本真魅力。

回忆，有时候可以鉴得失。通过回忆，我们可以正确地审视过去曾经发生过的一切，错走的路，猝不及防的挫折，曾经的阴霾，一败再败的创痛，这些往事，经过时间长河的淘洗，逐渐沉积下来，它的本来面目，也像嶙峋的岩石一样，清晰地凸显了出来。在它面前，我们为之醍醐灌顶，为之豁然开朗，再走以后的路，我们就不至于重新迷失或重蹈覆辙了。

归有光在《项脊轩志》中，回忆他曾经栖身的那间南阁子，先叙"三五之夜，明月半墙，桂影斑驳，风移影动，珊珊可爱"之美，继而笔锋一转，回忆自己去世的母亲，"儿寒乎？欲食乎？"一句句透着母爱的温暖话语，让人黯然落泪，而最后一句"庭有枇杷树，吾妻死之年所手植也，今已亭亭如盖矣"，情到最深处，再刚强的人也会遮掩不住，任由泣下沾襟。事实上，**最深沉的回忆，往往都是触及情感的，这些情感经过岁月的窖藏，越发地醇厚甘洌，而正是回忆，让它散发出了沁人心脾的芬芳。**

倘若有一天，你也突然想起了过去，希望那一刻勾起你的，是最甜美最温馨的回忆。

第五辑

给自己一个回望的角度

俗人

我自认自己是个俗人。

比如，看一本艰涩的书，坐在书房里看不进去，躺在床上看不进去，捂住耳朵看不进去，无聊之余，拾起几则笑话来看，咯咯咯前仰后合就能笑半天，文脉心脉豁然相通。

瞧，俗人就这点出息。

哲学家冯友兰先生在他的《人生的境界》中，把人生分为四个境界，依次为：自然境界、功利境界、道德境界、天地境界。按冯先生的说法，贤人该纳入道德境界，圣人应列于天地境界。剩下的冯先生没说。实际上这样"论资排辈"下去，俗人只好屈居最低的两个境界了。

这世界俗人也多。牛头碰了马面，全是俗人。如果大雅和大俗碰撞，绝对不是一个级别的较量。角力的结果，大雅难免就要吃亏。不是大雅力量太小了，而是俗人实在太多了，一人一口唾沫，大雅只能乖乖投降。所以，我们看到的表象是：俗人充斥街头巷尾，雅士寓居阁楼小屋，俗人乱糟糟，雅士静悄悄。

有的人谈笑之间尽是污言秽语，这是低俗；有的人攀附名流阿谀权贵，这是媚俗。低俗的人性格深处调侃和玩闹的味道浓了些，生活是一摊寡淡的水，他们的本意是要把它搅成粥，结果只是浑，于是他们发现了浑的好处，索性越发去搅浑。说到底，他们耐不了这种清淡的生活，于是便想着在清淡中寻找些乐趣。

媚俗的人就大不同。大抵这些人的脖子后边有一根短筋牵系着，他们时时呈现出一种攀附的姿势，即便什么也得不到，无所谓，依旧微昂着头，一副巴结状。天生有媚骨的人，就这样。

男人太俗了，不是眼光低下了，而是视野收敛了，他们想让生活尽量趋于简单化。于是乐于打打麻将，喝喝小酒，侃侃大山，整个一点正经没有，平庸是平庸了些，却有些实在的小乐趣在。

女人俗了就容易陷于鸡毛蒜皮，困于睚眦必报，在攀附中失落，在艳羡中妒忌，言必称衣服的款式、化妆品的流行，看不惯年轻女性搔首弄姿，怕别人言及自己的岁数，唠唠叨叨，婆婆妈妈。

俗气的人没有模子可套，就像高雅的人没有固定的长相一样。

从精神层面来说，以萝卜打比方，俗人就像是一根缩水的萝卜，虽然少了红润，但更趋于筋道，在生活中活得更柔韧，即便获得些俗情调、俗乐趣，但从来没有觉得这是俗的。

就像写这篇文字的时候，老婆在厨房里喊我去打醋一样，俗人就活在柴米油盐酱醋茶这俗世的情节里。

急性子

　　动物中，驴是十足的急性子。尝见一驴，拉车去远，蹄疾身轻，矫健如飞，毫不惜力。然则时间不长，便气力殆尽。车夫笑对众人说："这种牲畜，十里欢，没出息。"本来驴拙厚老实，有劲就使，不耍奸头，但这种不计后路的急性子，虽尽心竭力，但往往不得口碑。家畜中，憨厚的名分有牛的，谁听说过有驴的。

　　我曾经揣度过壁虎。灯光下，一只壁虎在一断壁上对面前的猎物凝视良久。我总担心它那沉稳的步速会令它扑个空，而在壁虎扑向猎物的一刹，我明白了，它也是性急的，只是懂得控制自己的内心，是急性子中的含蓄者。

　　有的人性急，心中虽波涛汹涌，但行之于色的却只是一湍溪流；而另一类急性子则逢事就点火，鲁莽有余而志勇不足。

　　古代有一屠夫，酒徒。一日，友人邀而相饮。友人雅士，推杯换盏间，尽显名士风范。屠夫酒量颇大，自感不足，性急之中征问友人，可有大斛。友人知其善饮，命下人取一巨斛来。哪料下人去了便不见踪影，屠夫耐不住，竟自己奔入厨房，取来一大瓢。屠夫以巨瓢豪饮，席间众人哂笑者甚多。性急的人有时候大伤风雅，屠夫便是一例。

　　说书的人治急性子，一绝。书到关键处，戛然而止，性急人急等下文，往往吃受不了。有一人，听《水浒》，自打潘金莲遇了西门庆，促成苟且之事，就急盼着武松回来。武松回来后，又急等拿了西门庆等人的狗头。事情一波三折，祭了王婆，杀了淫妇，直到狮子桥下酒楼取了西门庆项上人头，他才松了一口气。由于数天茶饭不思，人已整整瘦下一圈。这样的急性子很可爱，似乎又没有多少必要。

　　性子急了，有时候也碰巧成事。早些年的时候，父亲讲村里有一户人家，男人是个急性子，秋天了，莜麦将黄还未黄透，男人就想把莜麦收回来，女人骂他吃了急急屁："一村人都不忙，你着急啥？"男人没有听女人的，把几十亩的莜麦收了回来。恰是那一年，秋后一场冰雹，地里的庄稼颗粒不剩。只有这个男人家的仓里存有一些粮食。冬天时候，有的人家将就不过去，男人就从仓里取些莜麦送过去。好多人家靠他的接济活过了那个年月。

其实，对于性子，没有必要求全责备。你去欣赏就足够了，或许它所裸露出的缺憾美，原本就是生活呈现给这个纷繁世界的一份珍贵的礼物。

慢性子

慢性子的人也挺好玩的。

梁实秋有《下棋》一文，就有相关文字：相传有慢性人（下象棋），见对方走当头炮，便左思右想，不知是跳左边的马好，还是跳右边的马好，想了半个钟头而迟迟不决，急得对方只好拱手认输。梁实秋进一步议论道：是有这样的慢性人，每一着都要考虑，而且是加慢地考虑，我常想这种人如加入龟兔竞赛，也必定可以获胜的。

也不记得是在哪一本书里，有过这样一段记载：匪帮入村劫掠，村人作鸟兽散，唯一人不急不慌。先藏了粮食，后又把自家牲畜打入野地，回来又把仅有的几串钱埋入树底，还为埋入哪棵树底费了半天思量。邻人高呼遁走，他却正端详哪个地方可藏了他的耧耙，藏到最后，匪帮已在眼前，他依旧不甚着慌，思忖着该把自己藏到一个什么地方。

还有一个故事更为荒唐。一个人要远行去做一趟买卖，妻子估量他来回要走上半个多月，于是在他将要出发的那一天就回了娘家。妻子在娘家掰着指头，一天一天地盘算丈夫的行程，约莫丈夫这几日该到家了，她便简单地打点了行李往回走，结果回到家一看，他的慢性子的丈夫还在家磨蹭着，没出发呢。

有人说，慢性子的人比常人身上多着一样东西。常有噘嘴的婆娘，于愤怒处骂自己的男人：“看什么时候抽了你的懒筋。”这当然是一句笑话。但实际上，如果我们真的细究端详，在慢性子人的性格深处狠挖三尺，会发现什么？是懒散、稳重，还是谨小慎微呢？

或许什么都是，又或许什么都不是，谁又能说得清楚呢。

也许是，我们常人的标准太过苛刻，难为了慢性子的人。常人就像湍急的水流，以骨子深处宕动的脾性，看不上湖面四平八稳，以为是失却了活力的。实际上，在慢性子的人眼中，大约这就是他们在生活中呈现出的美：沉静、平稳、绵长、坚韧，而又一览无余。

在塞北的老家，有这样一对垂暮老人，夫妻二人已经携手走过六十载，中间并无磕绊，一直和睦相处，令人欣羡不已。而这对老夫妇，就是一个急性子，一个慢性子。每每大家惊奇的时候，村中歪嘴陈老六把脸上的笑容一落，道：“别说这是水火不容，这叫优势互补。”

仔细想想，这慢性子的人还真是有点琢磨头的。

吃

相

这是我所见到过的一个场景。

一个女子，细腰，人瘦得只剩下轮廓了。然而，对饭食却是挑剔的。白瓷的盘子，盛着颜色可人的饭菜一样一样端上来。阳光从宽大的窗户跳进来，她坐定了，拿起筷子来，轻轻一点下去，嘴里只微微翕动了一下，就停下了。那是我见到的最惊心动魄的吃相，因为你还不知道她吃下去什么没有，一顿饭就结束了。优雅中透着慵懒，矜持中含着厌倦。

而吃相粗犷了，又难免可怕。我在一家的饭桌间，见过这样一个男人，是一个胖子，白白的，蹲坐在那里，肩膀上架着的，是他硕大的脑袋。一双眼睛，像水墨点出的印痕，细细的，盯着一桌子的饭菜。桌上，盘盘碟碟的，有饭有菜，好不繁盛。再看他，略去了所有的繁文缛节，把一桌子的菜和饭混合在一个红色的盆子里。然后，手把盆子，像武林中的侠客，风卷残云，呼呼作响，顷刻间，盆里的一切烟消云散。

饭要吃得温文尔雅，不容易。据说，在美食家眼中，一道道的佳肴，便成了一道道水墨的山水，生了意境，笼了风韵，于是这佳肴，不再是用来吃的了，而是用来品的。他们淡定了自己的心境，或轻咽，或微尝，或细品，筷箸起落之间，高贵、雅致、沉静，是吃相中的极品。他们是吃文化的演绎者，当然了，这需要特别的嗜好、心境、素养和经历，一般的人学不来，也修炼不成。

旧时的大户人家，吃饭是颇为讲究的。一家人依长幼顺序端坐了，长辈开始吃的时候，其他小辈才可以吃起来。且需举止斯文，不急不抢，礼貌恭谨。更重要的是，口舌不出声响，桌席上，只允许有碗筷相击的声音。《红楼梦》中，宴请刘姥姥那一章节，贾母一声"请"后，刘姥姥突然站起来，高声道出"老刘，老刘，食量大似牛，吃一个老母猪不抬头"的话，惹得贾府上上下下的人差点笑背过去。这其中，除了刘姥姥初进大观园尽冒土气、俗气、傻气之外，我们也不难看出，不同文化背景的人，即便在宴席上，也会有不同的风格和教养。你让一个粗人讲究吃相，他扭捏半天，吃不饱不说，还会闹出些笑话来。

人在饥饿的时候，难免就顾不得风度。我在一本书上读到，一个锦衣玉食的贵族，在逃亡的时候，竟然会把野地里的蔬菜拔起来，连泥吃掉。看来吃相这类东西，也是给那些胃里不缺什么东西的人讲究的。

睡
相

　　睡相，实在是一个人的文化、性格、情状、成长
背景、生活方式的反映，就像一片叶子的婀娜飘转，
就像一朵花的岑寂盛开，在表象之下，实则是根的流
光在飘转，是根的心绪在盛开。只不过，是清风增添
了飘转的魔幻，是柔光增加了盛开的光洁。

　　一个有文化的人难免是要讲究的。从举手投足，
到轻吟浅笑，再到吃喝起居，都透着文化人的气质。
譬如睡相这类事情，本来深入闺室隐入夜幕，已远人
耳目，满可囫囵过去，不予推敲的。然而不，一个纯
粹的文化人似乎在睡梦中也要透出文化的气韵来的。
我曾看过一些影像或其他的文字资料，文化女子的睡
相实在是可圈可点的。这睡相，从手足的位置，舒展
的姿势，再到雍容的气度，实在是中规中矩的。规矩
之间，除了传统文化的一脉传承，又透着现代女子优
雅的姿容。山有山的媚态，水有水的秀色，沉静，含蓄，

冲淡，完全是美的另一种气象，用来赏阅是未尝不可的。

男人的睡相难免粗犷。即便是一个文化男子，骨子里的男性特质终究遮掩不住，继而坏了睡相，气韵尽失。

睡眠本身是愉悦自我轻松自我的过程。这样看来，讲究睡相，难免就是一种束缚。一个稼穑劳顿归来的农人，是不会如此细致地讲究的。他们往自家的炕上一躺，如水委地，随地就形，竭尽张扬之势，而绝不会委屈了自己的身体、意志和感受。他们知道，一条藤蔓给它自由，会给长势以怎样的恩惠；一枝茎秆失却了遮挡，会让自身怎样恣意地拔节。一切都随意吧。于是农人的睡相，手不在手的地方，脚不在脚的地方，肢体所有的位置都迷失了，都游离了，可精、气、神统统回归，鼾声如雷，气震四方。一个不要睡相的人，往往就要回了睡眠最本质的舒爽、惬意和愉悦。

我曾经见过几个建筑工人，午休的时候，躺在几棵大树底下，或者铺着几张纸，或者什么都不铺，砖头瓦块，凸凹不平，姿势或舒展，或蜷缩，一阵淡风刮过，树影斑驳，摇碎在汗迹纵横的脸上。环境固然差了些，睡相难免也差强人意，然而沉沉的睡梦中，他们身体的每一个细胞深处，都奔涌着熨帖和幸福。他们没有时间和精力去讲究睡相，也没有精力去讲究。

睡相，是心情的花瓶中花的若干种插法，插好了，可以装饰一个美梦。说到底，一个人只有心性舒卷自由，才会恬淡快活。所以说，对于睡相，拘泥也好，活泼也罢，只要能让心灵自由，肢体轻松，就够了。

挫　折

人难免是要遭遇挫折的。

但不同的人在遭遇挫折之后却有着不同的态度。坚强的人，像高尔基笔下的那只海燕，凄风冷雨只会激起它更加昂扬的斗志和拼争的勇气。它高喊：让暴风雨来得更猛烈些吧。结果，搏击使它的羽翼更加丰满，拼争让它的信念更加坚强，最终战胜了风雨，赢得了属于自己的天空。气馁的人却正好相反，在挫折中，他们像突然被斩断方向的藤蔓，心灰意冷彷徨不前，内心中的阴霾越积越多挥之不去，从而丧失了继续前进的信念和勇气。

实际上，人在长大的过程中是不能没有挫折的。

它是人生的道路上必经的一个坎，没有这个坎，这条路就不会完整；它是人生的乐章中必要的休止符，没有这个休止符，这个乐章就不会抑扬顿挫；它是人生的大书中必需的一个章节，没有这个章节，这本书就不会厚重。

这个世界上，只有足不出户的人，才不会经历风雨；只有碌碌无为的人，才不会危机四伏；只有坐享其成的人，才不会遭遇挫折。英雄和伟人比常人遭遇过更多的挫折，但他们能够在挫折和失败中涅槃，从而超越凡人。

对于蚂蚁来说，一碗水就是浩瀚的大海，一次失足的挫折都可能让它止步不前。对于一只候鸟来说，尽管有几千里的行程，途中埋伏着难以预料的挫折和艰险，依旧阻挡不住它回归的脚步。在矢志不渝追求着目标的人的心中，再大的挫折也不算挫折，再多的失败也不算失败。因为，心之所向，唯有那个神圣的目标。

蹒跚学步时，我们跌倒了，没有人扶我们，一样可以站起来；考试失败了，金榜上没有自己的名字，用不着别人伸出援手，我们一样可以重新站起来。用勇气和信念铸造成的坚硬骨骼，是从来不会倒下的。在经过失败和挫折的历练后，我们要做的，是选择一个更适合自己的姿态，让自己站得更高、更好。

一帆风顺的人生是一处让人舒心惬意的风景，但太过平旷，没有曲径通幽，没有柳暗花明，缺失了许多耐人琢磨的细节，就显得简单而寡味。挫折也是一道风景。虽然这道风景令人黯淡，但正是这黯淡，才衬托出风雨之后那道成功的彩虹的光艳和美丽。

只要我们勇于直面现实，永不放弃希望，就没有什么挫折可以打败我们。

风　度

　　优雅的仪表容易生成风度，优雅的风度也常常给人美好的感受。一个人，仪表优雅已是不俗，如果再兼有翩翩的风度，则必卓然于众人之上。

　　包容是人的心胸深处的一帧开阔的风景，豁达是人的性格深处一帧俊朗的风景。人的心胸和性格一旦生成风景，驻足欣赏时，就容易漫溢出魅力四射的风度。譬如，能够容忍别人的错误，勇于为对手喝彩，这种包容是智慧的包容，这种豁达是真诚的豁达，容易打动人，也容易征服人。

　　一个人的风度虽然通过言行呈现，却是内在品质的流露。美好的风度实际上是高贵的修养、深厚的内涵、阔大的胸怀以及美好的心灵所折射出来的瑰丽的色彩。这抹色彩映照在人的心灵上，就是智慧的风范，大度的风范，无私的风范；表现在具体的生活细节上，就是待人接物优雅而得体，为人谦逊厚朴而不张扬，光明磊落而不蝇营狗苟，紧跟时代而不媚俗媚世。

　　男人有风度，会更加彰显个人的气质，富于魅力而令人神往；女人有风度，会愈加凸显她的美丽，韵味迷离而耐人品咂。说到底，风度是为人增色的，它可以丰富一个人的形象，增加一个人的气韵，让这个人变得耐读、耐品，甚至让人对其心生钦佩和敬仰。

齐桓公原本想让得力助手鲍叔牙为相，然而鲍叔牙却推举了远在鲁国的管仲，这是无私举贤的风度。齐桓公最后在鲍叔牙的劝说下，任用了曾经射过自己一箭的管仲，这是大度的风度。最后，鲍叔牙赢得了口碑，齐国得以强大。良好的风度不仅可以成就个人，也会造福于他人。

吴敬琏先生曾经记载过这样一个故事，在"清理阶级队伍运动"中，顾准的一个老朋友用荒诞牵强的推理"揭发"顾准，弄得顾准有口难辩。后来，顾准的"内奸"问题得到解决回到北京后，他不计前怨，对曾经揭发过他的这位处境凄凉的朋友照顾有加。正是因为顾准的这种风度，在他病倒的那些日子里，他的朋友虽然生活艰难，却每天三次到病房看望顾准，风雨无阻。有时候，风度又能让人超越生死，超越恩怨。

人世间的潮流中，有时尚的温度，有时髦的维度，但绝不会有时代的风度。**一个时代的风度，是湖面上静谧的薄霭，是涟漪深处微漾的波澜，是平静的丰富，是安详的寥廓，是博大的深厚，而不是风起时浪尖的喧哗，也不是漩涡处暗流的涌动。**时代的风度是人民造就的历史，是时间投射给岁月的光华。

　　风度不可能天生，美好的风度更不易模仿。实际上，大可不必在意别人怎么做，当你充满着包容、理解、关怀和爱活在这个世界上的时候，你就是一个最有风度的人。

魄力

为胆量注入智慧，并投射以勇气的光华，就是魄力。

同样是胆量的一种延伸，如果对一件事情缺乏冷静的分析和审慎的思考，这时候在人身上涌现的，就不再是魄力了，而很有可能是鲁莽。魄力，更多时候，是用来成就事情的，而鲁莽往往使事情弄巧成拙。尤其在一些关键的节点上，魄力可以让一个人力挽狂澜，在困境中起死回生，而鲁莽往往使事情陷入被动，甚至是功败垂成。

有魄力的人，敢于在事情的风口浪尖上横刀立马，表现出一种决胜千里之外的气势，一种不败的风范。有魄力的人，把一件事情做得行云流水，酣畅淋漓，却又让人坦然安心。这是因为真正的魄力，是建立在智慧之上的胆量，是谨慎之上的豪爽，是细密之上的英武。魄力让一个人延展出果断、刚毅、机敏、迅疾的品性来，又让所经历之事锻造着这些品性。在一个有魄力的人的人生字典里，有当机立断，有英明果断，但绝没有武断和优柔寡断。

魄力是一种血性，闪烁着金属的光泽。畏首畏尾和瞻前顾后的人不会有魄力，抱残守缺和墨守成规的人同样也难有魄力，前者太看重结果，后者太留恋当前。有魄力的人乐于放手当前，敢于力拼结果。他们也许不会保证每一个决断赢得结果的成功，但他们一定坚信自己的义无反顾中方向和目标的正确。即便他们不幸失败了，呈现给我们的也只是悲壮中的波澜壮阔，而不会是凄凉中的黯然神伤。

魄力可以彰显一个人的英武。而这种英武正是其伟岸之气、豪爽之气、通达之气以及机敏之气的凝结与总和。人们往往希望把重任交给有魄力的人，实际上就是对这种阳刚之气的接纳和认可。

毛遂自荐于平原君，不是虚妄的魄力。他跟随平原君至楚后，按剑而前，凭自己的三寸不烂之舌说服楚王，最终与赵合纵成功，毛遂以自己的实力证明了自己的魄力。看来，不是所有的魄力都可以横空出世，也要以实力说话。荆轲在易水河边给予生命慷慨赴死的魄力，到秦后图穷匕见最后被"体解以徇"，身死人手，他的魄力也最终兑现和捍卫了他为燕国为燕太子足可薄云天的大义。看来，有时候魄力也会让一个人舍生取义。

云霞出岫，虚诞而美。凡人行世，威武乃刚。如果一个人是一棵正在成长的大树的话，铮铮的风骨该是挺立的枝柯，娇美的容颜该是悦人的绿叶和花朵。那么魄力是什么呢？魄力是氤氲在枝柯之

间的一种浩荡之气，就是飘逸在花叶之间的一抹气宇
轩昂的色彩，是这棵树吸纳阳光的滋养后吐露出来的
最阳刚的气息。

态 度

　　一条蚯蚓，上食埃土，下饮黄泉，缘于它锲而不舍地挖掘；一只大鹏，纵跨五岳，横绝江河，缘于它始终不渝地飞翔。一线山路，尽管崎岖而又险恶，不畏艰险的人最终会直抵高山之巅；一条大道，尽管平坦而又宽阔，瞻前顾后的人也许会半途折戟沉沙。生活中，我们常常会看到成功的奇迹，往往也会看到平庸的失败，这一切，都缘于态度。

　　端正学习态度，可以使一个学子在学业上柳暗花明；调整工作态度，可以让一个劳动者在工作中游刃有余；正确的人生态度，是用来成就人的。它可以使一个人懂得清醒地审视自己，理智地面对人生，不好高骛远，不随波逐流，不为名利所惑，不为困境所溺，乐观积极，昂扬向上，从而在浮躁的尘世面前从容不迫，在喧嚣的生活背后淡定自若。

　　人在一生中，总会为自己设定人生目标，而态度则是对这个目标坚持的纯净度。一个拥有积极态度的人，往往专注并执着于自己的目标，为之殚精竭虑，为之废寝忘食，心无旁骛，义无反顾。他们的人生态度常常明媚、坚定、智慧、乐观，像漏过罅隙的阳光，像掠过江面的劲风，在灿烂中摇曳着生机，在刚劲中透露着力量，充满着无限的活力。拥有消极人生态度的人则是另一番面貌。他们往往对自己所追求的目标热情不高，投入不够，慵懒、倦怠，左顾右盼、畏首畏尾，像秋日的落叶一般飘忽，像墙上的衰草一般枯败，没有活力，没有希望。

不同的人生态度，也是自我品质的一种反映。拥有乐观人生态度的，一定是一个坚强的人；拥有豁达人生态度的，一定是一个大度的人；拥有平实人生态度的，一定是一个谦逊的人；拥有淡泊人生态度的，一定是一个清心寡欲的人；拥有严谨人生态度的，一定是一个一丝不苟的人；处处为他人着想的，一定是一个富有爱心的人；时时兼济苍生的，一定是一个心怀天下的人。如果说，品质是从生命的个体上旁逸斜出的一条条绿色藤蔓的话，而不同的人生态度则是绽放在这些枝蔓上色彩各异的花朵。这些花朵，在绚烂地绽放之后，最后会为你结出最美的人生果实。

一切外在的条件成熟了，没有正确的态度，本来可能成功的事情会流于失败；态度正确了，尽管外在条件并不完满，无望成功的事情最后也有可能成功。所以，有时候，人生的成功就是态度的成功，而人生的失败只是态度的失败。

如果你在生活中活得困顿迷惑，在人生的路上走得并不顺心遂意，不妨试着去适当地调整一下自己的人生态度，或许，你会因此邂逅人生最美的风景。

引蛋

芦花鸡总是丢蛋，母亲急着四下里寻找。

大中午的时候，母亲斜着身子往隔壁的李成家瞭。李成家的鸡窝里有只鸡卧着，样子静静的，但不是我家的那只芦花鸡。母亲说，这鸡一定把蛋丢在别处了。

母亲在牲口圈里转了一圈，又上场院的草垛边转了转。她踅身回来的时候，手里就握着一枚温热的蛋。

母亲说，这鸡丢蛋丢野了。

第二天，母亲起了个大早，抓住那只芦花鸡，在它的后半身鼓捣了一阵子，以探知它今天是否有蛋，她把这种方式叫"揣蛋"。母亲说了声"有"，就把鸡放进了羊圈边的柴草筐里，又扣上了一个半破的筐，说道："看你还能野到哪儿去。"末了，母亲在衣襟上拍了拍手，喊我赶紧吃饭，别误了上学去。

过两天，母亲把芦花鸡放进草筐的时候，在鸡的肚子下放了一个鸡蛋。那个半破的筐，被母亲扔在了兔子窝上。我问，不怕它跑了？母亲说，有引蛋，它就不跑了。

当时，我不懂。但这鸡说不跑就真的不跑了。

后来，母亲再放进去的，只是两半对接的蛋壳，也不用母亲费事，芦花鸡下蛋的时候径自就奔着那草筐去了。有一次，另一只鸡提前占了窝，芦花鸡安静地在旁边等了一会儿，直到那只鸡咯咯地把蛋下出，它才探头探脑地跳了上去。

再后来，母亲干脆放进去一个半圆的土豆，那鸡也照样上去。那个土豆在那里整整待了一个夏天。秋天的时候，已经缩得很小，又黑又蔫，但因为这个土豆，鸡没有再丢过一个蛋。

我当时想不明白，挺野的鸡，怎么后来会乖乖地听命于一个土豆呢。

许多年之后，我看到一些人顽固地坚守着人生中的一个目标，或者习惯地奔赴着一个早已朽掉了的方向，才明白了生活也在重复着鸡和土豆的故事。看来，人的头脑中也容易藏着一枚看不见的"引蛋"，在岁月中，它迅速地长成了一块坚硬的石头，挡住了我们的视线，蒙蔽了我们的心灵，从而钳制了人生的进步。

幸福的游戏

　　一般是春末，或者是秋初，正是风和日丽的时节，一伙人，常常是三五个，或者是六七个，聚在场院或者其他平坦的地方玩这种游戏。

　　这种游戏玩法比较简单。玩伴将他的一块青灰的石头摆放在规定的地方，你手里拿着另一块石头，站在起先画好的线上，然后敛声屏息，神情笃定地瞄一瞄，猛一甩手，石头便在空中划出一道美丽的弧线来，"咣当"一声，一百分，你赢了。

　　一般是一千分算一局，谁输了，谁就背着对方在场地里绕两圈。胜利者似乎并不满足于简单的背两圈，常常还要在人家的后背上弄出各种姿势来，或斜跨呈翘腿状，或后仰呈死狗状，或紧贴呈膏药状。背的人已经摇摇晃晃一个趔趄接一个趔趄了，背上的人还要哼哼呀呀，摆出一副作威作福的样子。

　　大家谁也不愿意和六软蛋玩，一来他实在不会把一块石头甩出很远，二来谁也不愿意让他背，因为还未等你伏在他的后背上，他就像一团稀泥般倒了。没劲。于是，更多的时候，大家玩，他就骑在半截土墙上，怯生生地看。

我们也最忌讳和李拐头玩。李拐头小儿麻痹，一条腿落下残疾。然而，他的另一条腿却表现出异样的能力来。如果需要蹦五步的话，不管石头扔的位置多么不理想，他总能异常轻盈地在五步之内落在石头上，轻巧得像一只燕子。然后，拿起石头来，基本上不用瞄，"咣当"一声，你的石头就倒了。更为可气的是，本来很远的一段距离，你以为他基本上没有希望了，就在你还扬扬自得的时候，他轻轻一发力，"咣当"一声，你的梦就碎了。

李拐头就像一座大山横亘在我们的童年。本来，学习上我们已经输得一塌糊涂，每次考试都被他远远地落在后边，于是大家齐心协力想在游戏上获得某种平衡。然而一茬一茬的游戏玩过去，我们一轮又一轮败下阵来，累得气喘吁吁，只能望洋兴叹。

那时候，大家都以为自己输在了石头上，于是就一块一块地换石头。村庄的东南，有一条长年流淌的河流，宽宽的河床上，散落着许多形状各异的石头。没事的时候，我们一伙人就去找石头，李拐头也跟我们去，我们总是大步流星，远远地把他甩在后边。我们把好的石头捡走，把另一些石头悄悄地掩埋起来或者偷偷扔掉，只把一些歪瓜裂枣的留给他。

然而我们回去的时候，李拐头早已先我们一步到了。他的手里，还是那块有些粗糙和丑陋的旧石头，大家拿着新石头，带着某种侥幸和不易觉察的诡诈，又和李拐头玩在一起。然而，"咣当""咣当"

一阵石头撞击的声音过后，大家便一个个颓然地站在场院里了。只有李拐头一个人，伏在伙伴们的后背上，恣意地摆出各种胜利者的姿势来。

我们没辙了。

六软蛋像一块狗皮膏药一样，粘在我们左右，要我们玩的时候带上他，大家谁也不愿意带他。四蟋蟀说："你要是给我们办一件事，我们就要你。"六软蛋答应了。一个下午，他悄悄地潜入李拐头家的院子，把李拐头的那块石头给扔了。再玩的时候，四蟋蟀满怀信心地冲在最前面，说要和李拐头决一雌雄，李拐头黯淡地说："我的石头丢了。"四蟋蟀不依不饶，李拐头就随意从地上捡起一块石头来，然而结局就像铁铸了的一般，打到最后，我们又输了。

又有一天，李拐头家的玻璃被人打了。李拐头的母亲王油篓站在自家的高墙上破口大骂，吓得四蟋蟀和六软蛋一天没进家门。直到傍晚的时候，他们才从一条窄憋的胡同里钻出来，面色土土的，向四下里无助地张望。

好像整个童年，我们都沉浸在打石头的游戏当中，然而就在这场巨大的欢乐当中，我们也承受着某种无法言说的隐痛。李拐头就像鞋里那颗永远倒不出去的碎石子，硌在脚心里，摆脱不开，又纠缠不清。好在那是一场幸福的游戏。孩提生活赋予这场游戏的最大好处是，你可以光着脚走路，而尽可以把鞋远远地扔到一边。

多少年过去了，这种石头与石头撞击的声音，还弥漫在村庄的两面土坡上，萦绕在巷角村末，"咣当——咣当——"在村庄长大的孩子的梦境里，不绝于耳……

左手爱上右手

谁能让自己的左手爱上右手？

我先前曾经遇到这样一个人，独居的小屋内，满墙满墙的全是自己的照片，最大的一幅是素描，是请美术系的一位先生画的。这个人其实并不漂亮。我似乎也曾不知趣地问过她，大意是为何如此云云，那人眉毛一抬说："别人我看不上。"

她的话，大有傲世的味道。后来，多经历了一些世事才知道，那叫自恋。她的性格不大好，脾气也古怪，与她交往的人并不多。晚饭的时候，常常看到她孤独地在小路上徘徊，姿态有些落寞。再后来，就有了她自杀的消息。

印象里，古希腊神话中就有这样一位英俊的少年，有一次从河边走，在水中看到了自己的影子，从此一见倾心。于是，他终日面对平静的河水，沉醉在自己的影子里，最后竟然郁郁地死去了。另一说，他死后变成了河边的一朵野花，每天在汩汩而逝的河水前，对影自怜。

　　大约这是自恋者的开始。好在这个青年还算英俊，阿 Q 的相貌就实在难以恭维，却也有着自恋的倾向。他的头上有癞疮疤，于是便讳说"癞"，以及一切和"癞"有关的字音。后来推而广之，"光"也讳，"亮"也讳，再后来连"灯""烛"也讳了，皆是他自恋行为心理暗示的结果。及至后来他看到王胡，王胡的"癞"并没有使他恶心，就很有推己及人的味道。看来，自恋实在是一种癖好，与个体的美丑关系似乎并不大。

　　自恋者脱胎于自己的内心，个人就是精神层面上的母体，于是便强烈地迷恋着自我，他们爱别人似乎比爱自己更需要勇气。对于爱的普遍意义来说，自恋的人走向了另一个极端——从平原走向峡谷，从宽阔走向狭隘。但这似乎并不妨碍他们前行，对他们而言，还不是完全意义上的死胡同。在他人看来，他们一定在生活的深水中扑腾，并且有溺水的危险。而在自恋者，那是一种畅游，恰是享受着生命的欢愉。

　　我不是自恋者，难以深入他们的内心。在人群中，这些人零落而且稀少，且式样各异。有的人认为，这些人是由孤独走向了内心的孤单，于是便凋零在自我的意识里。我认为，恰恰是孤独使他们发现了内心的丰盛，在外在环境的凄清中，感受到了内心的盎然春意。自恋者并没有觉得自己失去了什么，相反，他们觉得得到了更多的自我。别人活在别人中，有为别人而活的困窘；自恋者活在自我里，一切从自我出发，最后又回归到自我，于是欢畅而惬意。

　　只是，自恋者最终都逃脱不了这样的结局：他们彻底地迷失在自我当中，极端地欣赏自己，甚至有时也"仇视"别人。自恋严重了，是一种病，是社会的病。所以，左手爱上右手，是悲剧。

聪明的人才快乐

电视节目里，一个记者采访一位七十多岁的老人。她好像是某个领域的专家，满头银发，看上去精神矍铄。记者问："您的一生可谓充满着传奇色彩，但您的一生也经历了无数的苦痛，现在您再回忆往事的时候，您觉得这些痛苦，给您带来了什么？"

老人并没有直接回答记者的问题，她说："过去的已经过去了，现在如果我回忆过去，我只会想到那些让我快乐的事。"

老人的话一出口，像一阵清幽的风，让坐在电视机前的我心底豁然开朗。我突然觉得，我们其实一直活得很糊涂，很笨拙。可能许多人，包括你我，从每天早上一醒来，就开始想那些让人身心俱疲的事情，因而觉得生活很无聊很乏味，没有情趣，没有快乐。可为什么我们不学学那位老人，去想让自己高兴的事情呢？

譬如有的人可能在昨晚的寒风中露宿街头，而你一睁眼却躺在温暖的被窝里；譬如有的人午餐都不敢奢求有馒头有米粥，而你的早餐有面包有牛奶；譬如有的人为了养家糊口风餐露宿还要冒着山体滑坡、瓦斯爆炸的危险，而你的工作环境却是风不吹、日不晒的凉爽宜人的大厦楼阁；譬如有的人正在为买一套九十平方米的房子拼命地攒着钱或苦苦地还着银行的按揭，而你早已拥有了三室一厅；譬如有的人早早失去了亲情的温暖，而你还在老母亲的羽翼下享受着甜蜜的呵护……

是啊，我们原本应该是快乐的，生活中也有许许多多让我们快乐的理由。只变换一个角度，我们就可以在内心里赢得一个快乐的早晨。如果生活中的许多事情，我们都能这样变换一个角度去想，是不是会因此而赢得一个快乐的人生呢？

我想，这个世界上活得快乐的人，一定是聪明的人。他们的活法是：不想八九，常思一二。而活得糊涂的人，却正好相反，一天到晚纠缠在千头万绪的烦恼当中，脱不出身来。而且越是糊涂，他们越是执着地纠缠着。

既然烦恼是自寻的，快乐也是自找的，一样的活，为什么不让自己活得快乐一些呢？

曾经那么羡慕你

接到多年未曾谋面的同学的电话，一番寒暄之后，他张口就是一句："真羡慕你啊！"

我一愣。他说："看到了你在省都市报副刊上开的专栏，咱们一帮同学当中，就算你混得不错了。"我说："我这算什么呀，一没钱，二没权，会写几篇文章，算什么混得好啊？"他说："你小子别身在福中不知福了，同学们一提起你，都夸你呢。"

我真的不知道，自己还有值得别人羡慕的地方。

我说："你呢？这些年一定混出名堂了吧？"他说："天生命苦，小机关，小职员，小角色，混日子呗。"听得出他言语之间流露出的黯然与悲戚。我停顿了一会儿，说："提起羡慕，你也许不知道，高中的时候，我们是多么羡慕你呢。"

他随即一笑，说："你不过是逗我玩吧，我还曾经让你们羡慕过？"我郑重地对他说："是的，那个时候，我们都觉得你是天底下最幸福的人：成绩总是名列前茅，老师们宠着你；家境优越，父母都在县城机关上班；还有那么多女生喜欢着你……"

他在电话那头沉默了半天，说："其实你不知道，高中的时候，我生活得多么压抑。那几年，母亲一直疑心父亲，他们不断闹矛盾，一天到晚打架。我都不知道那些日子是怎么熬过来的，哪会想到，我还会被人羡慕啊。"

通话结束之后，突然觉得，我们活在这个世界上，是不是都曾经被人羡慕过。也就是说，在我们的生命中，有过这样的一刻，曾经引起过别人的注意，得到过别人的尊崇和仰慕，而我们自己却浑然不觉。

记得一幅漫画里，一个富人开车路过城市的贫民窟，看到一户穷人家的大人和孩子在长椅上追逐嬉戏，他不无感慨地说："我有钱，但我没有快乐。"也就是说，即便是在人生的困境里，生命的琴弦上，也总有一串音符，在别人的耳蜗里，听起来会是那么悦耳，那么动听。

看来，上帝并没有偏袒过任何一个人。只是，有时候，我们太过注意别人的鲜花与掌声，而忽略了自己的幸运与美好。

我想，人世间幸福的人，就是那些懂得发现生命中的美好，并能在心底里种下这些美好，收获无涯的满足的人吧。

安然于世的哲学

一个读者朋友来信问我：一个人该怎样活在这个世界上？

我给他的简单答复如下：

不要错过人生的美景。早晨，不要窝在被窝里睡懒觉，而错过朝暾出岫的景致；黄昏，不要因为一天的坏心情，而少了在烟光凝暮山紫中，看夕阳西下的情致。生命原本匆匆，不要在这阻挡不住的匆匆中，再添上自己的一笔懒散，一笔郁闷，而让生命黯淡无光。

不要少了生命的诗情。三五之夜，月影斑驳，一庭积水空明。在这样的晚上，不要少了诗的意趣，或偃仰啸歌，或吟诵诗词，直至心醉迷离；大雪纷飞之日，屋外雪落寂然无声，屋内红泥小火炉正旺，不要忘了置一几香茗，捧一卷辛稼轩或李易安的书，读到酣畅淋漓。

不断学习。这个世界上，唯一不败的，是一个人的能力。而成就一个人能力的，除了个人先天的智慧之外，就是后天获得的知识了。所以要不断地学习，就像呼吸一样，呼吸着，学习着，就永远不会落伍。

凡事亲力亲为。留有别人脚印的路，永远不属于自己。**人生，**

缺少了自我的经历和体验，难称完美。唯有痛苦过，幸福过，哭过，笑过，你才能感知到人生本真的魅力。

善待生命。留出一点时间来锻炼，拿出一分淡定来养心，烦恼滋生的时候，要像掐灭灯火一样，在它萌生的那一刻，就轻轻地掐灭于自己的内心，而不把它撕扯成一团麻纠缠自己，不把它酿成一片云淋湿自己。

感恩于生活。一片暖阳，一缕和风，一园馨香，父母的养育，亲朋的牵挂，陌生人的关爱，降临于生活中的这一切偶然与必然，都要心怀感激之情。感知生活给予自己的恩惠，才会感受到活在这个世界上的幸福。

心疼他人是一种美德。不要得意于别人的落魄，不要嘲笑别人的不足，不要对身陷苦难的人漠视。生命，只有互相敬畏才显神圣，只有互相扶持才能走得更远。一句问候，一声安慰，一点帮助，于我们可能只是举手之劳，而对方得到的，却是莫大的呵护和温暖。点燃一根火柴，在照亮自己的同时，也温暖了别人，这就是爱的力量。

时时想着成人之美，去为鲜花着锦，为烈火烹油。你装饰别人的梦，也会让自己的心变得澄澈。"渡尽劫波兄弟在，相逢一笑泯恩仇"，事事想着宽容待人。主动伸出手来，就可以赢得朋友，进而赢得人际间最终的融洽与和谐。

可以幻想，但不要有非分之想；可以有欲念，但不去放纵自己的欲念；不说过头话，不做亏心事。这样，就可以求得内心永恒的坦然和宁静。

打开身后的袋子

一天，一位朋友哭丧着脸找到我。

原因很简单。就是他觉得现在的人际关系险恶、复杂，没有人情味。他说别人不是太虚伪太世故太奸诈，就是太鸡毛蒜皮太斤斤计较太睚眦必报。总之，是别人百般的不是。

我说，**心体澄澈，常在明镜止水之中，则天下自无可厌之事；意气和平，常在丽日光风之内，天下自无可恶之人。**同时，你要勇于发现自身的不足。其实，更多的时候，过错并不在别人，恰恰是自己人格和人性上的缺陷造成的。

记得，《伊索寓言》中有这样一则古老的传说，极富寓意：每个人出世之后，都有两只袋子挂在他的颈间，一只小袋子放在面前，里面装的是邻人们的过失；而另一只大袋子则放在背上，装满自己的错处。因此，人们生下来后，很快就会看到别人的过失，而对背在背上的自己的过失，却很难见到。

朋友听完后，若有所思地点了点头。

生活当中又何尝不是这样呢。觉得别人小肚鸡肠，反观自己也没有可以撑船的宰相肚；觉得别人对自己不够理解，而自己对他人也不够宽容；觉得别人对自己三心二意，实际上自己也未曾真诚待人……

看来，我们该去打开身后的袋子了。

打开身后的袋子，就是要全新地审视自我，把阴暗的东西放在太阳底下晾晒，除去霉味，让它散发阳光的味道；

打开身后的袋子，就是要同自我中自私、狭隘、偏激、奸诈的东西决裂，代之以真诚、友爱、宽容和谅解；

打开身后的袋子，就是要开展深刻的批评与自我批评，焕发全新的自我，以宽广的胸怀，去接纳，去包容，去博爱；

打开身后的袋子，就是要对自己进行全方位的剖析，要触及肤下，深入灵魂，要扫除尘渣，荡涤污浊，让清新的空气驻留，让率真的情感显现，心如止水，淡泊名利。

也就是在打开身后的袋子后，你会发现，天地一片海阔天空，没有了抱怨，没有了算计，没有了嫌隙，同时你也学会了对等地看待事情，懂得了设身处地地为他人考虑，懂得了涉己及人地考虑自己，再不会有狭隘的看法和偏激的理解。

《菜根谭》有云：此心常看得圆满，天下自无缺陷之世界；此心常放得宽平，天下自无险侧之人情。其实，只要我们能够打开身后的袋子，就不难拥有这颗极平常的"心"。

取悦别人，成全自己

对于一个人来说，"面朝大海，春暖花开"是一种愿景，也是一幅画卷，那是一幅内心精神的恬淡愉悦与外部世界的芬芳惬意相结合的精美画卷。这画卷，在沉静幽微中，又流转飞扬着宏阔与磅礴。但归根结底，它是内心世界的一种幸福的气象，一种和美意境的体现。人，生来是为内心的。这是哲学家洞察了世界之后的结语。也许，在哲学家的眼里，当一种矛盾不可调和时，倾向于关照自我，引领内心的愉悦，便是最人性的选择了。

这话听起来有些自私，也太过自我。但纷纷扰扰的世间，真正能在外部的物质世界面前横刀立马，不在乎饭碗，无所谓上司，不必权衡利益得失，不必惧怕人际关系好坏，只在意关照自我内心的人有几个呢？

我有一个朋友，那一年毕业，他背着一大包发表了他文章的样报样刊，想凭着这些东西去叩开一家市级报社的大门，结果吃了闭门羹，只好到一家私营企业做办公室的秘书。

说是秘书，只不过干的是扫扫地、倒倒水以及迎来送往的杂活。他会写文章，但老板手下会写文章的秘书一大堆，论资排辈，根本轮不着他。车间临时需要搬卸工，他被喊了去；职工食堂需要帮忙的，他被叫了去；上级部门开枯燥的会议，他去做记录。总之，他忙得像陀螺，却没干出过一样拿得出手的活。再加上他所在的企业是一家高科技企业，他一个文科生，基本上没有用武之地。别人看不起，领导不在意，他自己呢，也痛苦万分。每天神色黯然地坐在办公楼六楼的玻璃幕墙后边，羡慕着窗子下面那跳跃在电线上的一只只自由自在的鸟。我劝他跳槽，他说，有过这个念头，但不敢试。他怕出去之后，连这样一份工作也找不到。

更重要的是，他怕自己一旦没有了工作，四处漂泊，母亲会为他担心。他说，虽然自己的内心苦些，但下班后，回去看到等在饭桌旁的母亲满脸的笑容。他便忍着痛苦，坚持着把这样的日子一天天过完。

也许，生活中好多人都像我的这位朋友一样，有一份工作，却并不是自己最满意的，甚至是厌弃已久了的。他们想逃离这种生活，却又不敢轻易丢掉。每天面对着自己的上司与同事，说一些应景的奉承话，做一些违心的客套事。自己不痛快，藏在心里，不讲出来。

这是人生的一种尴尬的境地，包含着现代人太多的无奈。他们不快乐，只好把快乐写在手机的开机语当中，写在论坛的签名档里，写在 QQ 的昵称后边，哭着喊着要快乐，但实际上还是不快乐。

他们不能享受自我，还要委曲求全，通过取悦别人，来求得生活本身的稳定。于是，他们苍老得比谁都快，身体比谁都糟。生活在剥夺他们内心快乐的同时，还要残忍地吞噬他们的青春和健康。这样的生活，就像一个强盗，他掠走了钱财，剥掉了衣服，让人变得一无所有，还要逼迫你向他献媚。

于是，有人开玩笑说，我们可耻地活在这个世界上，就是准备着无休止地向生活妥协和投降，取悦别人，成全自己。当然了，也有人曾想挣脱这种束缚，做自己的主人，过睡觉睡到自然醒、数钱数到胳膊疼的生活，做自己的老板，不看别人的脸色行事。然而，所有的努力，不过是一个简单的轮回，没有多久，便又回到原来的出发点上，用他们的话说，那就是：我们可以改变位置，但却无法改变心境。

尽管生活有些压抑低沉，但人生并不应因此而日暮途穷。在取悦别人的同时，更多的人学会了在生活的琐碎中寻找简单的快乐，在枯燥的岁月中感受平淡的幸福。尽管这些快乐和幸福像火柴划出的光芒，短暂而微弱，但在他们的内心中，还是摇曳出了蓬勃而永恒的春意。也许，这是一种无奈的"韧"的战斗精神；

也许，在生活的夹缝中，活得的确有些委曲求全。但正是因为这样一种妥协，他们在备尝了取悦别人的乏味和枯燥之后，一转身发现，他们竟因此而成全了自己，平平稳稳地过完了一辈子。

找一条属于自己的路

一个小孩跟着猎人到山中打猎。

那是一片绵延的山地，满山郁郁苍苍的都是枝柯遮天的丛林。猎人领着孩子翻过几座山，又过了一块谷地，然后在半山腰的一个低洼地伏下来，静等着猎物的出现。

这里是动物经常出没的地方。猎人是个老猎手，他们早就发现有熊、狍子、狐狸等动物在前面的那块谷地上觅食，而且它们总是选择在中午这样一个人迹稀少的时候出现。猎人和小孩藏在树丛的后边，敛声屏气，瞪大眼睛，盯着面前的那片开阔地。

快晌午的时候，果然有几只白色的狐狸在视线中出现了。起初，它们很警觉，探头探脑地向四边瞧了瞧，然后便迅速地撤了回去。过一会儿，它们又蹑手蹑脚地踱了出来，但还是保持着警觉的姿态。猎人并没有急着端枪准备射击，因为他知道，这并不是最佳的时机。到后来，狐狸们开始放松警惕，沿着谷地的边缘，一路小跑着奔向山谷的另一头。

猎人觉得是时候了，他端起枪，闷闷的两声枪响之后，树林的四周突然扑棱棱地飞起许多鸟，惊慌四散了去。狐狸们也像被狂风撕扯的白云一般，倏忽之间蹿了出去。跑着跑着，有两只狐狸的脚步慢了下来。猎人知道它们一定受伤了，于是和孩子一同冲出来，朝着它们逃跑的方向追了过去。

看来，它们伤得并不重。猎人并不容易追上它们，但是他没有放弃。猎人知道，只要过一会儿，这两只受伤的狐狸就会因为过速的奔跑而精疲力竭。猎人拼命地追着，然而意想不到的是，追着追着，其中的一只狐狸突然改变了方向，奔向了另一条路，另外一只顿了一下，便尾随着刚才的那一只跑了。

狐狸们拐上的是一条并不适宜奔跑的路，非但崎岖不平、满布荆棘，而且那条路上还有许多的陷阱。这些，狐狸是应该清楚的，因为狐狸比别的动物要聪明，它们甚至能辨认出伪装得很隐蔽的陷阱。今天为什么会这样呢？猎人一边追，一边纳闷。然而领头的那只狐狸奔跑依旧，毫不停歇，后边的那只，紧紧地尾随其后。猎人知道，前面不远就有几处是陷阱。就在他想到这一点的时候，前面的狐狸已经跑到了那个位置。它并没有远远地躲开，而是奔着陷阱的方向而去。后面的狐狸仍旧跟着它。就在快接近那个陷阱的时候，前面的狐狸突然一闪身，躲开了陷阱。而后边的那只狐狸，由于躲闪不及时，掉进了已经铺设了许久的陷阱中。

猎人和小孩停在了陷阱旁边，把在陷阱中毂觫的猎物捕获上来。

前面的狐狸在跑出去很远之后，又回过头看了一眼。见后边再没有追上来的人，才突然显出受伤的情形来，一瘸一拐地仓皇逃窜了。

事情发展到最后，猎人非但没有把猎获的白狐杀掉，而且还替它认真包扎了伤口，然后，才毫不犹豫地把它放了。做完这一切，猎人语重心长地对孩子说："孩子，看到了吧，今天那只逃跑的狐狸为我们上了生动的一课。它在拐上这条路的时候，我还有些纳闷，但当后边的那只狐狸掉进陷阱后，我便立刻明白了一切。前面的狐狸知道我们这样追赶下去的结果，它必须想出一个逃生的办法来。或许它知道，我们只要能够得到它们其中的一只，就会放弃继续追下去。这时候，和它一块受伤的狐狸就成了它的竞争对手。在最后，它不是要跑过我们，而是要'跑过'与它一起逃生的另一只狐狸。"

若干年之后，那个小孩成了一个知名企业的企业家。他从当年打猎当中得到的人生体验更耐人寻味，他说，一个人在人生路上可能会跑掉鞋子，光着脚跑一程，这不可怕；可能会受了蒙蔽或欺骗，走了弯路，这也不可怕；无路可走的时候，跟在别人的后边走一程，也不可怕；可怕的是，没有目标，一味地跟在别人的后边，找不到一条属于自己的路。而且因为心中无路，任何困境，都会成为弱者的绝境。

"人生的所有胜景，只会留给善于独辟蹊径的人。"他把这句话刻在了公司最醒目的位置上。

走过人生的鄙夷与不屑

我参加中考，是 20 世纪 80 年代中期。记得那天，我带了一支铅笔，一根直尺，一个圆规，一块橡皮，三支圆珠笔。攥在手里，满满的一大把。

一个姓邢的同学，看了我一眼说："你带这么多东西干什么？"说完，他眉梢向上一抖，眼珠微微往眼角一轮，牵出满脸的鄙夷与不屑来。

而他的手里，只有一支圆珠笔，连橡皮都不曾带。仿佛我是一个穷人，拿出几个硬币来摆阔，不小心正好被富人撞见。富人一说话，我满脸的窘迫。

恍惚间，我想反驳几句，却无言以对。邢同学是我们班的学习尖子，老师的宠儿，而我虽够不上差生，也几乎相当。在这样的鄙夷面前，我只好束手就范。

那一年，邢同学考上了师范，我没考上，灰溜溜地读了高中。

开始学习写作，是在大二。那时，别的同学花前月下，尽享人生的快意，我却伏在教室里一本正经地写稿子。每写出一篇文章来，都要高兴得手舞足蹈，自我赏阅，自我陶醉，凡三五遍，不能自已。第二天，拿着稿子，便火急火燎地送到市报社的编辑部去。市报社离我们学校不远，我便常去。很快，副刊的编辑也就认识我了，但那位戴着眼镜的老先生给我的永远只有一句话："稿子放这里吧，有消息我告诉你。"这与我的期待相去甚远，我希望的情形是，他看完我的稿子后，拍案叫绝，说："这个稿子太好了，马上发！"

那时候，真是年少轻狂得可以。

后来，编辑部新来了一个编辑。据说是部队转业回来的才子，他渐渐对我频繁光顾编辑部的做法不感冒了。有一天，我送完稿子，正要走，他从座位上站起来，说："你以后别来了行不行？！"

当时，我还沉浸在送稿子的喜悦和兴奋里，他的话，不啻一个晴天霹雳。

我说："怎么啦？"

"你看你都写了些什么玩意儿，还好意思老来？"

他的后半句话，拖着方言与普通话交杂的腔调，怪怪的，怪得直到现在这个声音还在我的耳畔回响。我抬眼看他，白净而周正的脸上，夹杂着鄙夷与愤怒。这样的一张脸，再加上这样丰富而激动的表情，一下子让我刻骨铭心。

最后，我甩下一句话，说："我偏来。"

这两件事，在当时，都曾经被我认为是生命中的奇耻大辱。然而，经过这么多年岁月的打磨，我心平气和地接受了，也理解了。

那位姓邢的同学，初中毕业后，我们一直疏于联系，也不知道他现在怎么样了。如果哪一天，我看到他，我紧握着他的手所能感受到的，只会是二十年重逢后的温暖和喜悦。

至于那个编辑，假如与他重逢，估计我也会释怀了吧。我曾耐心地翻看过我以前所写的那些东西，实在是糟糕透顶。幸亏他站出来断喝了一声，否则，我就继续那样糟糕下去了。

现在，我该对当时对他的恶毒诅咒忏悔。年轻的心，总是狭隘自私的。即便，他那时真的是出于恶意，我也能原谅他。

我只是在人生的那一刻，与他们人性中恶的部分狭路相逢了。而在我看不到的另外一些时刻，他们可能给他人的，却是谦逊、友善和亲切。这个世界，原本就没有坏人，只有被逼成坏人的人，以及被错认为坏人的人。这样看来，我们该原谅的人应该更多。

如此一想，人生的一切也就豁然开朗了。

人生需要一个回望的角度

电视里播放着二战时候的资料片，有一段画面是关于"飞虎队"的：

随着一架架战斗机的平稳落地，又一场空战结束了。跳下飞机的飞行员们都激动地拥抱在了一起，庆贺着彼此又活着回来了。然而，其中的一位飞行员从战机上走下来后，并没有急于和大家相拥。他紧走了几步，突然"扑通"一声，双膝跪在地上，深深地弯下腰去，以头抵地，然后长久地亲吻着大地……

那一刻，不知道为什么，面对着这一叩一吻的场景，我哭了。请原谅我，我的泪水不是因一个异国的友人给了我们最崇高的援助而流下的，也不是为他们的浴血奋战给了我们难得的和平而流下的。我当时感动的原因，只是因为我从那伏在大地上的雕塑一般的剪影中，看到一个生命对活着的最隆重最真诚的叩拜。此刻，已经没有什么比活着更重要了，金钱、权力、美艳、恩宠、荣耀、鲜花、掌声，尘世的一切书剑恩仇，一切的名缰利锁，在此刻，全部烟消云散。

只有活着，生命才会为灵魂安置一个舞台。只有这舞台在，灵魂才会上演属于人生的旷世之舞。想必，那飞行员走下飞机后，发现自己的舞台还在，于是，长吻大地，深深感恩。

只有明白了死的人，才会真正懂得生。

有一次，一个记者采访一位在十年浩劫中活下来的画家。画家回顾了自己在那场浩劫中所遭受的苦难和屈辱，如何被游街羞辱，如何被造反派毒打，又如何在痛苦中安慰不想活下去的家人，等等。我观察到，这位画家在谈论到这些刻骨铭心的往事的时候，语调平静，语速平缓，仿佛从这场劫难中走出来的不是他，而是另一个素不相识的人。没有恼怒，没有怨恨，那种超然与豁达，是超越了死之后的，对生的平静的审视和仰望。

他也许早已明白了，抛却过去的仇恨，忘记曾经有过的屈辱，以一颗平静而安然的心去生活，就是对活下来的自己最好的奖赏与尊重。

然而，奔波在世俗生活里的我们并不会明白这些。更多的时候，为权钱处心积虑，为利欲钩心斗角，为得失斤斤计较，为恩怨睚眦必报，忧愁剪也剪不断，烦恼越理越烦乱，最终迷失于琐碎的生活里。

人生，太需要一个回望的角度了，譬如站在死的角度上回望生，站在苦难的角度上回望幸福，站在烦恼的角度上回望快乐，站在喧嚣的角度上回望宁静。有了这样一个回望，就会对生活有了清醒的审视，对人生有了恰当的态度，也就会懂得珍惜当下，珍爱生活，珍重生命。

历史衣袂角上的生动褶皱

淮阴侯韩信年少时有一段时间，穷极无聊，在城下钓鱼，聊以维持生计。

同样在水边的，还有一些前来漂洗的妇女。其中有一个老妇人，见韩信饿得可怜，就把自己带来的饭给韩信吃。她在这里漂洗了几十天，就给韩信吃了几十天。

韩信很感激这位老妇人，他说："将来有一天，我一定会报答你的。"哪知老妇人听后十分不悦，说："我给你吃饭，是因为你饿得可怜，哪是图你将来报答的！"

真正的爱，是生命藏在举手投足之间的一种本能，是水到渠成的一种惯性，正如人的呼吸，在呼与吸之间，只是自然的吐纳，无须考虑，不用思索。

人世间，同样是施爱，风景却各不相同。有人施爱，就像种粮食，还未等种下去，满心里，想着的便是秋天的粮仓；而另一类人，认真地把种子撒出去之后，便头也不回地绝尘而去。

结果是，第一种人总有歉收的感觉，因为他们太在意得到的回报；而第二种人，却总在收获惊喜。因为他们本不曾想要得到什么，然而，一低头，一回首，四野里，已尽是绵延的绿色。

楚国人李斯，做秦国丞相之前，在乡郡里当一个小官吏。

他发现，厕所里的老鼠，所食的尽是些不洁的东西。即便这样，这些老鼠还鬼鬼祟祟的，见到人和狗，赶紧躲开。然而，粮仓里的老鼠却不这样，吃着吃不尽的储藏的粮食，住在大屋子里，也不会受到外物的惊扰。李斯感叹说："一个人成才与否，就像这老鼠一样，在于其所处的环境的优劣罢了。"

于是，李斯跟荀卿学习帝王之道。学成之后，西入秦，在秦国寻找到了成就自己的机会。

一个人的眼光、境界、理想、勇气、胆识、智慧，乃至品位，在不同环境中，情形迥异。俗话说，人往高处走。所谓的高处，就是能让一个人价值得到最大展现的环境。

身在烂泥地，心也无法自拔，这是坏的环境对人的影响。好的环境对人的最大改变，是让心骑上了快马。当一个人的内心不可阻遏的时候，所有外在的形式都会随之全速前进。

所以，环境对人的改变，便是对心的改变。改变环境，就是在拯救内心。

刘伶嗜酒。《晋书》记载，刘伶外出，常带一壶酒，而且还让一个人扛着铁锨，跟在后边。喝到烂醉处，他就对这个人说："死便埋我！"

好个"死便埋我"！每每读到此处，常常感慨不已。不是对刘伶嗜酒烂醉的艳羡，而是慨叹他的这份沉溺，这份专注，以及在任性中透出的率性，散淡之中流溢的洒脱。

这是人生的一种极致，风过疏林，月挂斜楼，人生至美之境，常在看不到的尽处。如果把刘伶手中的酒换成书，换成学习，换成研究，换成事业，换成对他人的爱，换成对民族与社稷的贡献，那么，这样的人生之境，何尝不臻于完美！

所以，有追求是一回事，追求到怎样的境地是另一回事。大千世界呈现给我们迥乎不同的迷离气象，更多的人湮没在庸庸众生之中，而总有一部分人，鹤立鸡群，卓尔不凡。

晋国有个刺客叫豫让，他侍奉的主人智伯被赵襄子杀了，豫让多次想办法要刺杀赵襄子，替智伯报仇。

有一次，豫让装扮成受刑的人，躲在厕所里，刺杀未遂，被赵襄子抓住。赵襄子叹他是个义士，就把他放了。后来，豫让又"漆身为厉，吞炭为哑"，形貌声音都发生了很大的变化，连他的妻子都不认识他了。他希望通过整容来刺杀赵襄子，结果刺杀未果，又被赵襄子抓住。

赵襄子不解，问豫让："你在侍奉智伯以前，曾经侍奉过另外两个人，那两个人死了，你为什么不替他们报仇，单单为智伯报仇呢？"

豫让说："那两个人对我，只像对待一般人一样；而智伯，用国士的最高礼节待我。他这样恩遇我，所以，我要替他报仇。"

你给别人拿出多少真诚、善意以及真心，别人就会以同样的方式来回报你。这就像对着空谷喊话，你一嗓子喊出去，而那绵长的回音，早在你喊出的那一刻，就绵延着，向你奔赴而来。

生活无言，却用最美的法则赋予这个世界永恒的魅力。

ⓒ 马德　2017

图书在版编目（CIP）数据

总有一刻，不同寻常 / 马德著 . — 沈阳 : 万卷出
版公司 , 2017.2

ISBN 978-7-5470-3581-8

Ⅰ . ①总… Ⅱ . ①马… Ⅲ . ①随笔 - 作品集 - 中国 -
当代 Ⅳ . ① I267.1

中国版本图书馆 CIP 数据核字（2016）第 304156 号

出版发行：北方联合出版传媒（集团）股份有限公司
　　　　　万卷出版公司
　　　　　（地址：沈阳市和平区十一纬路 25 号　邮编：110003）
印 刷 者：北京季蜂印刷有限公司
经 销 者：全国新华书店
幅面尺寸：145mm×210mm
字　　数：200 千字
印　　张：10
出版时间：2017 年 2 月第 1 版
印刷时间：2017 年 2 月第 1 次印刷
责任编辑：胡　利
特约编辑：张鸿艳
版式设计：展　志
封面设计：八　牛
责任校对：刘志坚
ISBN 978-7-5470-3581-8
定　　价：35.00 元

联系电话：024-23284090
邮购热线：024-23284050
传　　真：024-23284521
E－mail ：wanrongbook@163.com
网　　址：http://www.chinavpc.com